喫茶おじさん

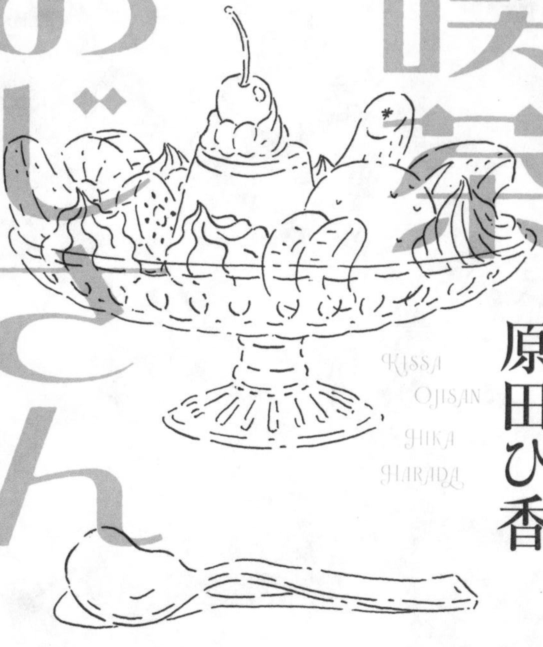

KISSA OJISAN

HIKA HARADA

原田ひ香

小学館

喫茶おじさん　目次

装画　早川世詩男
装丁　須田杏菜

喫茶おじさん

一月　正午の東銀座

「このブレンドに使われているのはアラビカ種の豆ですか」

松尾純一郎（まつおじゅんいちろう）は喫茶店のカウンターでブレンドコーヒーをすすりながら、マスターに話しかけた。

「はい」

初老のマスターは目を伏せたまま、静かに答えた。

「豆の状態はニュークロップ」

「はあ」

「焙煎（ばいせん）は浅煎り……いや、中煎りかな」

「ええ、まあ」

全問正解したようで、純一郎は満足して微笑（ほほえ）んだ。

「最近、酸味のあるコーヒーが流行（はや）ってるみたいですけど、私、このくらいの煎り方が好きですね。流行に乗るのはちょっと……」

「そうですか」

「コーヒー、大好きなんですよね。自分でもよく淹(い)れるんですよ。豆にもこだわっていて。この店のブレンドは理想的です。実は……」

言いかけたところで、マスターが口を開いた。

「いつもありがとうございます」

そこで「店長、ちょっと」と店の女の子が呼んだ。

「失礼します」

彼は丁寧にお辞儀をして、引っ込んだ。

最後の言葉を飲み込んで、勘定を払って外に出た。カフェインには利尿効果があるらしい。急にトイレに行きたくなって店に戻ることにした。この店はトイレも素敵だ。店が入っているビルが新しくないので、トイレも相応に古びているが、いつも掃除が行き届いているし、良い香りがしている。まるで、パリのカフェのトイレみたいだ……。新婚旅行の時に二度しか行ったことないけど。

店のドアに手をかけ、数センチ開いた時、女の子の声が聞こえた。若い女性店員で、学生アルバイトのようだ。前に「後期試験で休む」と客と話しているのを聞いた。娘くらいの歳(とし)で背がすらりと高く、足が長い。

「……店長、よく、あんな知ったかぶり客の相手してられますよね」

店長の答えは聞こえないが、いつものように「まあ……」というような相づちを打っていることは安易に想像できた。

「コーヒー豆の半分以上はアラビカ種じゃないですか。適当に言っても当たる。ゲイシャ種は高級品だから入ってれば絶対明記されてるはずだし、ロブスタ種はほとんどインスタントコーヒー用です」

「……まあ」

「豆の状態だって、バーストクロップとかはエスプレッソ用が多いし……普通、ニュークロップですよ」

「まあ、いいじゃないですか」

「店長が優しいからつけ上がるんですよ」

純一郎はそっとドアを閉めた。

男の人生というのは、理想的な喫茶店を探す旅ではないか。

松尾純一郎、五十七歳。そろそろお気に入りの喫茶店の一軒や二軒、あってもいい。

自分がずっと理想と思っていた、自宅近くの喫茶店で恥ずかしい思いをし、尿意のことも忘れてそのまま勢いで電車に乗ってしまった。純一郎の自宅は東武東上線沿線にある。三十分ほど乗り池袋に出て、地下鉄に乗り換えることにする。

路線図を見上げながら、さて、何線に乗るか、と考えた。

もう一杯ぐらい、コーヒーを飲まないと気が済まない。

――有楽町線にするか。銀座方面にも月島にも行けるし。

酒飲みのようなものだな、と心の中で苦笑いする。あれも、とことん飲まないと気が済まないらしい。昔、上司のはしご酒に付き合わされて苦しんだものだ。純一郎は下戸ではないけれど、酒を飲むのがあまり好きではなかった。何が楽しいのかよくわからなかった。今は上司はいない。気楽な身分ではあるが……。

年が明けてひと月近く、平日午後の地下鉄にはのんびりとした空気が漂っている。時間を持て余したような老人や、営業回りのサラリーマン、子供連れの若い母親……皆、それぞれに何かを抱えて同じ車両に乗っている。

ふと、純一郎は自分の顔が真っ暗な窓に映っているのを見た。車内のどんな人よりも、よりどころのない顔をしていると思った。

「お父さんって、本当に何もわかってない」

昨夜、数ヶ月ぶりに一緒にコーヒーを飲んだ娘の亜里砂(ありさ)に言われた言葉が頭の中に突然響いた。彼女の方から急に連絡があって、池袋で会ったのだ。

「え」

娘は大学二年生、あと、二ヶ月とちょっとで三年生になる。都内の大学に通い、社会経済学を学んでいる。最上級というような偏差値ではないが、そう低くもない。中の上といった大学だ。たぬき顔の妻の亜希子(あきこ)にはあまり似ず、純一郎に似て色白で鼻が高い。これは自他共に認めることであるし、口の悪い妻でさえ言っていることだから間違いではないはずだが、純一郎はわりに男前だ。だけど、無駄に男前だと言われたり、あの歳になると男前というのもむなしいものだ、と陰口をたたかれたこともあった。

それはともかく、そこそこ美人だし、頭も悪くない娘だ。

自分から呼び出しておきながら、彼女はほとんど話さなかった。仕方なく、就職活動、そろそろなんだろ、どういう方面を志望してるの、と純一郎が尋ねた。

まあ、広告関係とか？　洋服好きだから、服飾関係のプレスとか……あと、出版関係とかも興味あるかな。

彼女も最初はそんなことを話していた。楽しげに、というほどではないが、まあまあ穏やかな会話だったのだ。それがいつの間にか、雲行きがあやしくなった。そして……。

――お父さんって、本当に何もわかってない。

その台詞(せりふ)をもう一度思い出した拍子に、純一郎は思わず、びくっと首をすくめてしまった。隣のご婦人――自分より十くらいは年上だろうか――が驚いて、一瞬こちらを見た。軽く会釈をして、すみません、と小声で謝った。今日は月島の方に足を延ばしてもいいかな、と思っていたけど、気まずくなって銀座一丁目の駅で降りてしまった。

――あれは本当に……まるで意味がわからなかった。別にあいつの気にさわるようなことを言ったわけでもないのに。

地上に出て、あてどもなく歩き出す。

「さあ、どこに行くかな」

声に出して言わないと、自分がちゃんと目的地を決められないような気がした。息がわずかに白くなる。今日は今年一番の寒さだと、朝のニュースで言っていた。

そういえば、前からテレビや雑誌で取り上げられているのを見て、これはぜひ行きたい、とメモをした場所があったのだ、と斜めがけにしていたカバンからスマホを取り出し、登録した住所を目指して、だいたいの方向を決めて歩き出す。
　純一郎は方向音痴ではない。昔から、挨拶回りや営業やらで、いろいろな場所を歩いてきた人生だった。
　目当ての店もすぐに見つかった。緑地に白で「ＳＡＮＤＷＩＣＨ」と抜かれているひさしを見て、「ああ、あそこ、あそこだ」と近づく。
　初めての店は少しドキドキする。
　中に入る前にしばらく眺めた。緑のひさしに赤い玄関マット、白い壁……店名はアメリカ系だが、ヨーロッパのどこかの国の国旗のように見える。窓のところが売店のようになっていて、名物のサンドイッチを持ち帰りできるようになっていた。
　――テイクアウトできる商品があるというのは強みだろうなあ。
　店の前にはずらりと人が並んでいた。腕時計を見るとちょうど十二時半、ランチタイムのまっただ中に来てしまったのだ。
　――いやはや、間が悪い。これは出直した方が良いかもしれない。
　間が悪い……思わず浮かんだ言葉が、自分の人生のようで、また、ひやりとした気持ちにさせられた。
　とはいえ、出直すにしても一応、今の状況を見ておこうと、純一郎は思いきって真ん中のドアのガラス戸のところから中をのぞいてみた。すると、中からエプロンをした中年女性が顔を出して、「店内飲食の方、いらっしゃいませんか？　中ならすぐお召し上がりいただけますよ！」と言う。並んでいたのは、サンドイッチのテイクアウトの客だったのだ。

そこに立っている客は皆、顔を見合わせて首を横に振った。

純一郎はとっさに片手を上げ、「じゃあ、いいですか」と尋ねた。

「どうぞ！　飲み物とお食事を注文していただきますけどよろしいですか」と彼女は言った。

当然、どちらも頼むつもりだったから、これ幸いと中に入った。壁際の一人がけの席に案内される。

メニューはテーブルの上にあった。ドリンクはブレンド、アメリカン、カフェ・オ・レ、ミルクティーなど一般的なものが並んでいる。その下に名物のサンドイッチ……タマゴサンド、ハムサンド、ツナサンド、ハムポテトサンド、パストラミサンドなどがあった。

メニューを見ている間も、店の中を女性店員たちがひっきりなしに行き来し、とても忙しそうだ。人気店のお昼なのだから当然といったところだろう。

右隣のテーブルの客が食べているパストラミサンドには、あふれるようにパストラミビーフが盛られていて、とてもひかれた。

「ブレンドとタマゴサンドを」

けれど、この店に来たらこれを食べないと、と店の代名詞にもなっているタマゴサンドを注文してしまった。

初めての店に来て、注文が終わるとどこか安心する。特に老舗で両隣も常連のような雰囲気だとなおさらだ。やっと背もたれに身体（からだ）を預けてあたりを見回した。純一郎が座ってからも店前の行列は引きも切らないし、店内に入りたい客も現れ出したようだった。

壁を背にするように作り付けのソファーが並んでいて、その前に小さめのテーブルと椅子があった。

「お待たせしました」

純一郎が店内をきょろきょろ見ているのを封じるように、サンドイッチとコーヒーが運ばれてきた。

「ありがとうございます」

丁寧に礼を言った。純一郎は、好奇心が、特に喫茶店に対する好奇心が強いだけで、決して無礼な人間ではない。

「うわ」

覚悟はしていたし、テレビや雑誌で何度も見ていたはずなのに、目の前にするとやっぱり大きい。小さな声が漏れ出てしまった。

食パン一斤をまるまる使ったサンドイッチ。一つが一斤を半分に切った大きさで、たっぷりタマゴのペーストが挟まり、それが二つ皿に並んでいる。上にさらにこんもりアイスクリームのようにタマゴが盛ってあって、これがまた大量だ。

パンに触れると温かくて柔らかい。ふわふわというより、むしろぷるぷるした感じ。これはかなり水分量が多いパンだ。前に、テレビで店主が「焼きたてパンを工場から直接運んでもらっている」と話していた。確かに、それでないとできないサンドイッチだろう。持ち上げて食べることはできなそうだ。さあどうやって食べようか。カトラリーは小さなフォークが添えられているのみ。

パンの端をちぎって、ペーストをのせ、オープンサンド形式で食べることにする。

——うまいなあ。

白身がかなり大きめに潰されているけれど、まったく気にならない。黄身の味が濃い。卵もきっとよいものを使っているはずだ。これまた、テレビの受け売りだけれども、こちらでは卵を一定期間寝かせて、味が締まったころに茹でるという。しかも、白身を少し減らしているらしい。

切らずに付いたままのパンの耳も柔らかい。

ここでやっとブレンドコーヒーを一口すする。カップはブルーアンドホワイトの大きめの磁器だ。だけど、厚みと重みのあるデザインなので、ロイヤル コペンハーゲンなどの洋食器というより、和風の青と白という感じ。さっぱりめの少し酸味のある味が口に広がる。これがまた、ねっとりとしたタマゴペーストを洗い流してくれる。絶妙なコントラストだった。

さすがだなあ、とまた心の中でつぶやく。

東京で成功している喫茶店には、どこか必ず哲学があるものだ、と純一郎は思っている。この店は、「焼きたてのパン」「こだわりのタマゴペースト」「目をひくデカ盛り」という三点で、唯一無二のタマゴサンドを提供している。それを七百円で出す。とてもまねができない。そして、歌舞伎座の裏、東銀座駅から徒歩三分という立地ももちろん、人気の大きな要因だろう。

もう一度、サンドイッチのパンに指で触れる。ふるふるとそれは優しく揺れるけれども、きっちりとこちらを押し返してくる。このパン一つだって、人のこだわりと心血がどのくらい注がれているのか計り知れない。

ふっと左隣の席を見た。同じようにタマゴサンドを注文しているのに、雰囲気がまるで違う。サンドイッチにしては少し厚みはあるが、純一郎が食べたものよりはずっと薄いパンに普通にタマゴのペーストがはさんである。ああいう形もあるのか、と見ていると、店の主人がやってきて、客と話す声が聞こえてきた。やはり常連らしい。

「この方が食べやすいでしょ。頼まれればこちらの形にもするんですよ。女性にはあれが人気だけど、男性にはこちらが好まれる。一見、こっちの方が少なく見えるけど、パンも卵の量も同じなんですよ」

なるほど……次に来た時は薄いほうを頼んでみよう。

「お持ち帰りはこちらに」

店の女性店員がてきぱきとプラスチック容器とレジ袋を手渡してくれた。ちょうどサンドイッチ一つ分が入るくらいのサイズだ。確かに、一つ食べるとちょうど腹がふくれてくる。女性なら、これで十分だ。

純一郎は決して小食というわけではなかったが、せっかく銀座まで来たのだから、もう一軒くらい行ってもいいかな、と思った。

というのも、外にはまだ行列が出来ているし、店員たちはひっきりなしに店内を歩き回っている。そろそろお暇した方がよさそうだ。これは店が悪いのではなくて、十二時台に銀座の一等地のサンドイッチが有名な喫茶店に来たのだから、自分のせいだ。もう一軒別の店にも行って、ケーキくらいは食べちゃおう、とサンドイッチを容器に詰め込んだ。

銀座の街はぶらぶら歩くだけで楽しい。

お目当ての店はあるのだが、その間にもいくつもの有名な純喫茶がある。まずは、ジョン・レノンも訪れたという「樹の花」、歌舞伎役者の常連も多い「ＹＯＵ」、モンブランがおいしい「みゆき館」……どこも魅力的で入りたくなる。

喫茶店巡りというのはいい趣味ではないか、とふと思った。

五百円前後のコーヒーに、ケーキか軽食をつけて千円あまりの店が多い。どの店も吟味された味で、ゆっくり過ごすのは贅沢な時間だ。純一郎のようなしけた男でも、成功した人生とお世辞にも言えない過去があっても、月に何回か、そのくらいの贅沢はできる。

大手ゼネコンで営業マンをしていたが、若い頃行っていたゴルフや、付き合いで同僚と飲んでいた居酒屋での出費に比べたら、そう大きなものではない。パチンコなら一瞬で終わってしまうだろう。甘い物を食べ過ぎるというきらいはあるけれども、酒やたばこに比べたら、健康への影響は微々たるものだ。たぶん。

これまでこれといった趣味はなかった。現役時代は休日は疲れ切って寝てばかりいたし、起きれば妻の「ちょっと亜里砂を見ていてちょうだいよ」の声に追いかけられていた。子供はかわいいし、妻を休ませてあげたいとは思うのだが、自分の時間というものがなかった。

いや、何よりも、本当に自分がしんからおもしろい、楽しいと思うことがほとんどなかったのだと思う。ゴルフはどこか仕事や付き合いがからんでくるし、スポーツは苦手だ。囲碁将棋は下手だし、賭け事のどこが楽しいのかもよくわからず、読書を趣味と言い切れるほど高尚な人間ではなかった。

だいたい、純一郎はあまり人に「勝ちたい」と思ったことがない。負けた時、口では「いやー、やられました」「残念です」などと言っても、本心では「ま、いっか」と思っている。だから、出世もできなかったし、スポーツも純粋に楽しめなかった。

そういうところが妻の亜希子には物足りなかったのかもしれない。

いや、余計なことを考えるのはやめよう。

これから、趣味は「喫茶店、それも純喫茶巡り」にしよう。決めた。今決めた。

これで、あの喫茶店で恥ずかしい思いをしたという経緯が払拭される。自分は趣味で、喫茶店巡りをしているのである。

というようなことを考えていたら、お目当ての店にたどり着くことができた。ここは銀座の老舗も老舗、日本で最も古い喫茶店の一つと言ってもいい店だ。

入口に「キッシュセット」の立て看板が出ていた。今、タマゴサンドを食べたばかりなのに、もうひかれている。

「いらっしゃいませ」

重いドアを開けると、古風な白いエプロンを着けた若い女性が迎えてくれた。店内はぽつぽつとしか席が埋まっていなかった。「どちらでもお好きな席に」と言われて、中程の四人がけのボックス席に一人で座った。

これまで、仕事の打ち合わせなどで何度か来たことがあるけど、一人でじっくり楽しむために来たのは初めてだ。

席についてメニューを開くと、「森のコーヒー」「パリ祭」など、いわゆるブレンドの種類が並んでいる。その下には今月のポットコーヒーとして「ニカラグア　イエローパカマラ」だの「コスタリカ　シンリミテスブラックハニー」などという名前がある。こちらは一・五杯分入っているらしい。

「……安いな」

思わず、声が出た。

この店のブレンドコーヒーは数種類あって六、七百円という価格だけれども、ここが銀座の一等地で、日本で一番古い、由緒正しい店であることを考えれば安いのではないだろうか。いわゆるチェーン系の喫茶店で東京のターミナル駅付近に店を構えている、RやT、Sなどは八百円や千円くらいはすることもある。いや、純一郎はRの最後に出てくる緑茶が大好きだし、落ち着いた雰囲気も好きだけれども。そして、ああいう店が半分はコーヒー以上に場所を提供しているのだということもよくわかっているけれども。

さっき、入口で見た「キッシュ」のページを見る。また「安いな」という言葉が出てしまった。

キッシュとケーキにコーヒー一杯で千六百三十円からという値段設定である。コーヒーがキッシュとケーキにそれぞれ付いてくる、というところが泣かされる。コーヒーは一杯六、七百円なのに、それが二杯、それにキッシュは最低でも五百六十円、ケーキは六百三十円……キッシュやケーキの種類が変わると値段がその分上がるけれども、本来、二千五百円以上するものが千六百三十円とは……。

これは店側の「ゆっくりしてっていいんですよー」という堅固な意思表示ではないか。他にも、おかわりコーヒーが三百円、ポットコーヒーが八百円台という価格設定にもそれが如実に表れている。

軽く片手を上げて、女性店員を呼んだ。

「この……キッシュとケーキのセットを……」
「キッシュとケーキ、何にいたしますか」
「キッシュはロレーヌ……いや、やっぱり、キノコたっぷりベーコンキッシュと、和栗（わぐり）のタルトにしてください」
「はい、コーヒーは？」
一番大切なものを忘れていた。
「まずは森のコーヒーをください」
農薬不使用の農場で作っているコーヒー豆らしい。
女性は水を置いて、去って行った。
――銀座の一等地でなあ……。
喫茶店巡りを趣味にしている者（初心者）としては嬉（うれ）しいが、どこか敗北感さえ感じる。
広々とした店内に四人がけのテーブルがたっぷり並んでいる店だ。平日の昼間だけど、純一郎のような一人客は意外と少なくて、多いのは老人の二人組や三人組の客だというのが他の店や他の街にはない特徴のような気がした。
三人組の客は皆、近所に住んでいるようなリラックスしたムードをまとっている。銀座に来ているという緊張感がまるでない人ばかりだ。カーディガンやチノパンなどの、どこか柔らかい、でもおしゃれな服を着て、楽しげに話している。
――近所の店の楽隠居か……夜の店関係の仕事で昼は暇なのか……。銀座の真ん中なのに、どこか下町の雰囲気がある。休日はまた違うのだろうが。

買い物帰りらしい二人組の女性は親娘（おやこ）のようだ。ショップバッグを横に置いて、おしゃべりに余念がない。

亜里砂と妻より、少し年上かな、と思ったら、苦い思いがこみ上げてきた。

「お父さんって、本当に何もわかってない」

あれはどういう意味なんだろう。

前後の会話の一つ一つを思い出すことにした。

——就職活動、そろそろなんだろ。

——まあね。

——どういう方面を志望してるの？

——まあ、広告関係とか？　洋服好きだから、服飾関係のプレスとか……あと、出版関係とかも興味あるかな。

——いいじゃないか、若いうちはなんでも好きなことに挑戦すればいい。

——……まあね。たぶん、ちょっとむずかしいと思うけど。

——そんなことないよ。亜里砂ならなんとかなる。なんとかならなくたって、亜里砂がいいと思う企業ならさ、お父さん、応援するよ。

——そんな簡単じゃないよ。

——そうか？　亜里砂みたいな良い子、どこの企業もほっとかないさ。なんとかなるよ。

話している間にコーヒーが運ばれてきたんだよな。ブルーマウンテン。あれは亜里砂が好きなコーヒーだから、少し高かったんだけど、俺も一緒に頼んだんだ。一口飲んだら、やっぱりおいしかった。苦すぎもせず、酸っぱすぎもせず、穏やかだけど、やはり抜群に香り高くて味に奥行きがある……。

――ああ、おいしい。

思わず、声が出た。そして。

――昔から亜里砂、このコーヒー好きだったよなあ。というか、子供の頃はさ、コーヒーなんて飲めなかったんだけど、小学校高学年の頃かな、急に飲みたいって言い出して。飲んだら、案の定、苦いまずいって大騒ぎしたのに、ブルーマウンテンだけは、おいしいおいしいって喜んでさ。お父さんもママも、この子は贅沢だねえ、なんて大笑いになって。

思わず、笑っちゃったんだよな。そしたら、そこで。

――お父さんって、本当に何もわかってない。

――え？

――自分の置かれた立場、ちゃんとわかってる？

また、びくっと首をすくめてしまう。

それから亜里砂は何を話しかけても不機嫌で、そのまま、帰ってしまった。本当はそのあと、久しぶりに二人でご飯を食べる約束だったのに。とりつくしまもなかった。

純一郎と妻の亜希子が別居してから約半年になる。

というか、亜希子が亜里砂と同居したいと急に言い出して半年だ。

亜里砂は大学入学と同時に家を出た。大学が東京のはずれ、ほぼ千葉という場所で、埼玉の実家からは遠すぎるというのがその理由だった。普通のサラリーマンの家で私立に通う上に、同じ首都圏で一人暮らしをするというのは贅沢だし心配だと、純一郎は反対したのだが、大学が提携している寮がある、割安だと言われてしぶしぶ了承した。すると二年になった頃、やっぱりアパートに移りたいと言い出した。伝えてきたのは、娘ではなく、妻だった。

「そんな。どういうことなんだよ。うちにはそんな余裕ないよ」

当然、反対したが、妻は「学生の間くらい、自由にさせてやったらどうですか」と妙に寛大だった。

そして、娘の引っ越し先が落ち着くとほぼ同時に妻も家を出て行った。

その理由は……。

「お待たせしました」

目の前にコーヒーとキッシュが運ばれてきた。

白い器に喫茶店の店名とロゴマークがついている、シンプルなカップアンドソーサーである。

これはこれで、コーヒーに集中できていいと思う。

口に含むと、酸味のある香り高い味が口いっぱいに広がった。

――うまいなあ。

食事にちょうど合いそうだ。キッシュは男の手のひらくらいのサイズで、シメジやえのき、舞茸などのキノコが本当にたっぷり入っている。フォークとナイフで切り分けると、チーズが糸を引く。

「あちちち」

思っていた以上にしっかり熱い。作り置きを温めただけではなく、ちゃんと焼いているのかもしれない。

「おいしいなあ」

周りにグリーンサラダが添えられていて、フレンチドレッシングがかかっている。シンプルだけれども、量もある。チーズと卵でこってりとした口に、酸味のあるコーヒーを入れると口の中を洗い流してくれるようだ。下のタルト生地もさくさくしていて、さすが老舗、なんでもきちんと作ってるな、とまた感心してしまう。

キッシュは小ぶりに見えたのに、結構ボリュームがあり、食べ終わると腹が一杯になった。すでにタマゴサンドを食べてきたからとはいえ、これだけあれば女性なら十分、昼飯の一回分になるだろう、と思う。

ほどよきところに店員が来て「コーヒーのおかわりはいつでもお申し付けくださいね」と言うので、「じゃあ、次はオールドと……和栗のタルトも持って来ちゃってください」と頼む。

運ばれてきた和栗のタルトにはバニラアイスクリームが添えられていた。

——あー、これこれ。

純一郎は甘い物も好きだ。特に、わきに生クリームやアイスクリームが添えられているパイやタルトに、目がない。

固めのタルトに栗のグラッセがのっている。生地は締まっているけれど、それがまたいい。アイスクリームにつけて食べるのも格別だ。こういう焼き締められたタルトって、ケーキというより、むしろ大きなクッキーだな、と思う。固いけど、口に入れるとほろほろととけた。

新しいコーヒーをまた一口。オールドという名にふさわしく、ほろ苦さが最初に口に広がる。だけど、後味はさっぱり。これまたケーキなどの甘い物にぴったりだ。

――いやはや、老舗はおそろしい。

あたりをまた見回す。七十歳以上と思われる老人たちがそろってケーキを食べながらコーヒーを飲んでいる。おしゃべりもはかどりそうだ。そして、それをまるごと包み込んでいる店。千六百円あまりでコーヒーを二杯つけて。これはもう、「いくらでもおしゃべりしてくださいね」ということだろう。

コーヒーを出しながら、「ごゆっくり」と言う店はたくさんある。というか、たぶん、ほとんどすべての店はそう言うのではないか。だけど、それを本当に体現し、実践している店はなかなかない。

これこそ、俺が見たかった光景だなあ、と思う。

すると胸がちくりと痛んだ。

自分は何がいけなかったのだろうか。

平日の昼間に、こうして一人でコーヒーを飲んで、娘には罵倒される。

はあ、とため息をついて、タルトの上にのっている栗のグラッセを口に含んだ。噛みしめるほどに甘みが増してくる。噛み応え、甘み、香り、すべてがそろった最高の甘味だ。そこにコーヒーを一口。まったりした甘みでコーヒーの苦みが引き立つ。

まあいいか、と思う。

娘が多少機嫌が悪くたって、妻が出て行ってしまっていたって、その両方の理由があまりよくわからなくたって。

喫茶店はそこにあって、純一郎をいつも包み込んでいてくれるのだから。

——俺、そんなに悪い父親でも、夫でもないと思うんだけどなあ。

心の中でこぼしながら、またコーヒーをすすった。

二月　午後二時の新橋

松尾純一郎は新橋の町を歩いていた。そして、烏森口（からすもり）まで来ると、自然にため息が出た。

学生時代の友人、宮沢浩一（みやざわこういち）が紹介してくれた会社に出向いて、再就職の面接試験を受けた、その帰りであった。

指定された時間は午後一時で、応接室に通され、人事担当者と宮沢の古くからの取引相手という男と小一時間、話をした。

面接というより、その男が宮沢にいかに世話になっているか、昔からどれだけの案件を回してもらっていたか、というようなことを語るのをずっと聞いているような時間で、純一郎は作り笑いを顔に貼り付けていた。最後に少しだけ、前の会社ではどのような企業とどのくらいの関係を築いてきたのか、どんな仕事を紹介してくれるのか……というようなことを人事担当者から聞かれた。

つまりはこういうことなんだな、と話しながら思った。この会社で自分は仕事で何か力を発揮するのではなくて、昔のコネでなんらかの仕事を受注してくることを期待されているだけなのだ、と。

自分も若い頃、そういうおじさん……くたびれたコートを着てくたびれた靴を履き、名刺を配って歩いている男たちを冷たい目で見ていた。あんなふうにはなりたくない、とさえ思っていた。でも、歳をとったら結局、同じようになっている。いや、その仕事さえ、人事の男のほとんど笑ってない目を見ていると、望み薄なのだ、と知った。

「ああ、疲れた」

声に出すことで、なんとか、それを吐き出したかった。このまま家に帰って、テレビでも見ながら寝てしまおう。

ニュー新橋ビルの前を通ると、ふっと気持ちがゆらいだ。

――この中に、確か、結構いい喫茶店があったはずだ。

ビルの中に入ると、いきなり安いとんかつチェーン店や蕎麦（そば）屋がならんでいる。その先には、ラーメン屋や洋食屋まで。

すでに、家で軽く昼ご飯は食べてきたものの、少し気持ちがひかれた。なんか適当に食べてしまおうかなあ、などとも考えて店先をのぞく。カウンターのみで通路に面して椅子が並んでいる洋食店に長蛇の列ができていて、デカ盛りのスパゲッティやオムライスで有名な店であることを思い出した。その列につい並んでしまいそうになって、足を止めた。

――そうだよ、自分は喫茶店巡りをするんじゃなかったのか。それを趣味にするんじゃなかったのか。もっと、ちゃんと店を選ばなければ。

ちょうど階段が見えたので下りてみると、天井の低い地下街に細かな店がびっしり並んでいた。

ああ、自分はこういうのを目指していたんだ、と気がついて、嬉しくなる。

コーヒーを飲める店が多い。間口の狭い、カウンターだけのような店もたくさんあった。夜はバー、昼はコーヒーを飲ませる店もある。

——ああいう店は、常連になったら居心地がいいだろうなあ。でも、今は中に入って、店のおやじと一対一で話をする勇気はないな。

どこがいいかなあ、と奥へ奥へと歩いて行く。定食屋や中華料理、韓国料理、唐揚げ専門店、とにかくたくさん店がある。閉まっている店の多くは花や町の名前、女の名前が付いていて、あ、夜営業のスナックなのだ、とわかる。

地下街の突き当たりに急に開けた、ガラス張りの店があった。店名を見ると、どこか見覚えがあり、純喫茶の名店であることを思い出した。

中に入ると、驚くほど混んでいて活気があった。商談なのか、ただの友達なのか、二人連れのおじさん、いや、純一郎より少し年かさのおじいさんというような客が多い。

「一人です」

近づいてきた女性店員に声をかけると、店の奥を指さしながら、「富士山の麓のあたりに座ってください」と言われた。

富士山の麓……？　いったい何を言っているのか、と思いながらその指がさす先を見ると、壁に富士山の大きな絵がかかっている。その麓……絵の端のあたりの四人掛けテーブルが空いているのだった。

あれが富士山の麓か……この店はそういうふうに表すのか……なんだか、急に愉快な気持ちになって一人笑いをしながら席に着いた。
メニューにはコーヒー四百五十円からずらりと飲み物が並んでいるし、その裏には、海老(えび)ピラフ、チキンライス、ビーフカレーなどの喫茶店らしいメニューが並んでいる。東京港区の一等地で四百五十円は安いし、ピラフは八百五十円でコーヒーか紅茶が付く。めずらしいのは富士宮(ふじのみや)焼きそば八百五十円で、これもまたコーヒーか紅茶付き。安いなあ、と感心してしまう。
しかし、今日はそう腹も減ってない。でも、コーヒーではどこか物足りない。何がいいかなあ、とメニューを見ていると、富士山サイダーというのがある。どこまでも富士にこだわった店なのだなあ、と思っていると、その下の方にクリームソーダというのがあって、「あ、今日の気分はこれだな」と気がついた。
「クリームソーダお願いします」
注文を取りに来た女性に頼む。
「クリームソーダは、メロン、ブルーハワイ、イチゴ、オレンジ、とありますが」
尋ね返されて面食らったが、ちょっと目新しいものをと思って、「ブルーハワイで」と注文してしまった。
運ばれたクリームソーダは、まさに透き通った海のようなブルーのソーダに丸いアイスクリーム、その上にクリームが絞ってあって、赤いサクランボがぽつんとのっている。
——ああ、あれか。これは海というより、富士山なんだな。全体を見ると、富士山とその上の雪景色のようだ。
ソーダを口に含むと、どこか、ちょっと科学的な、駄菓子のような甘み。だけど、疲れている今はこれがなんだか、楽しい。もう一度、はあ、とため息が出たが、今度はそう悪いものではなかった。

「あなたは相変わらず、何もわかっていない人なんですねえ」

クリームソーダを飲んでいたら、数日前、ため息まじりに言われた言葉が急に思い出された。

相手は前妻の登美子……亜希子の前の妻である。

実は、純一郎、社内不倫のすえ、三十の時に離婚している。

意外だろう。そう、純一郎自身も、それ以外は平々凡々な人生を送っている自分がよくもまあ、あんなことをしてしまったものだ、と今でもかなり驚いているほど意外なことだ。

しかし、とにかく、純一郎は最初の妻と離婚して、今の妻（別居中）と再婚した。

「わかってないって、何を？」

聞き返した時には、すでに彼女は奥に入ってしまっていた。

結婚当時、登美子はフリーのフードコーディネーターとして働いており、自らも少しメディアに出たりして、華やかで忙しい日々だった。純一郎の帰りが遅くてもまったく気にしていないか、もしくは、彼女の方が帰宅が遅く、すれ違いの生活だった。

亜希子との仲が深まり、「実は……」と切り出すとすんなり「わかった」とうなずいた。

「わかったって、何を？」

「別れたいんでしょ。わかった」

「まあ、そうだけど……」

自分から言い出したものの、あっさりうなずかれると妙に名残惜しい気がしたりもして、純一郎は戸惑った。

日曜日の晩だった。久しぶりに一緒に家でご飯を食べていた。メニューは白いご飯、味噌汁(みそしる)、そして、前夜まで地方都市に取材で出かけていた登美子が買ってきた漬物……そんなものだった。たいしたものなくて、ごめんなさいねえ、と言いながら彼女が用意してくれた、最後の晩餐(ばんさん)だった。

「いいのか」

純一郎がおそるおそる尋ねると、「嫌って言ったら、何か変わるの?」と登美子は聞き返した。

「いや……」

登美子は漬物を口の中に放り込んだ。確か、いぶりがっこだった。

「だったら、しょうがないじゃない」

こりこり、こりこり、と登美子の口の中の漬物がいい音を立てていた。歯並びのいい女で、歯の一つ一つは小さいのだけど、きれいにそろっていた。

こりこり、こりこり。

今でも彼女のことを思い出すと、あの日の漬物の音が鳴り響く。

登美子とは大学時代からの付き合いで、彼女が女子大の栄養科で学んでいる時に合コンで知り合った。純一郎の大学は隣にある理系大学だったから、二つの大学は交流があった。

登美子は食品会社の商品開発という希望通りの部署に所属し、数年でフードコーディネーターの資格を取って独立、会社員時代から培ってきた人脈でちゃくちゃくとフリーランスの道を歩いていた。収入は純一郎よりあったかもしれない。

住んでいたマンションは賃貸だったし、特にめぼしい財産もなく、まあこれほど簡単な離婚があるだろうか、というくらいあっさりと別離した。

幼かったのかなあ、と今では思う。

稚(おさな)くて愛を知らず、という言葉があるが、二人はすでに二十代、離婚した時は三十だったから「幼い」とは言えない。けれど、愛というか、結婚というものをよくわかっていなかった。

フリーランスになった登美子の最初の大きな仕事が、結婚式場の料理だった。「ちょうどいい機会だから、結婚式を試してみない？　何事も当事者としてやってみないとわからないから」と言われて、そんなものかな、と思って「うん」と言ってしまった。

つまり、純一郎は「結婚式をしない？」とは言われたけれど、「結婚しよう」とは言われてないし、こっちも言っていない。そんな感じに始まってしまった夫婦だった。

実際、登美子以外に結婚したいと思っている相手もおらず、料理がうまい彼女を嫌いじゃなかった。

しかし、亜希子との間に子供が生まれたり、自身の親を看取(みと)ったりした経験を経て、やはり、登美子との結婚は「幼かった」という気がするのだった。

離婚が決まった頃には、登美子の方にも男がいるのかな、と思わせる節はなくもなかった。それでも再婚したという話も聞かず、四十になった頃、フードコーディネーターの看板を畳み、浅草の方で料理屋をやっている、と風の便りに聞いていた。

昨年末、宮沢にその料理屋に「行かないか」と誘われた。聞けば登美子も「会ってみたい」と言っているらしい。

「本当に？」

驚いて聞き返した。

「うん」

彼……宮沢は固太りの男で建設会社の開発部長をしており、再就職の相談をするために会いに行った。今はどこも厳しいからなあ、まあ、ちょっと周りにも聞いてみるよ、とさりげなく断られた（と純一郎は思った）あと、そういう話が出た。

彼は焼き鳥をもぐもぐ頬張りながらうなずいた。

「流行ってるんだよ、登美子さんの店。『富』って一字の店でさ、カウンターの上に大皿がのっていて、いろんなおかずが食べられるカジュアルな和食屋で、俺も二次会なんかで結構使わせてもらってる」

「そうなんだ」

実を言うと、最初に登美子が料理屋をやっている、と聞いた時にはなんだか、彼女がかわいそうになったのだった。フードコーディネーターの仕事がうまくいかなくなったのかと。だけど、今は違う。

浅草で十年以上もやっているというのは並大抵の努力ではないだろうし、才覚があったのだと心から感心している。

「登美子が料理しているのか」

気がつくと、呼び捨てにしていた。

「いや、開店したばかりの頃は彼女が包丁を握っていたけど、最近は何人か人を使ってる。だけど、常連だけに時々まかないみたいな登美子さんの手料理を出してくれる時があって……それがまたうまい」

「へえ」

登美子が他の男に料理を出している、というのは当たり前のことだったけど、宮沢の口から出ると少し違和感があった。

料理の腕はとびきりだった。

ささっと作ってくれる和食はもちろんのこと、エスニックや韓国料理もうまかった。商品開発のためと称していろんなところを食べ歩いていたが、それを休日に再現してくれるのがすごかった。

ブタの三枚肉の焼肉であるサムギョプサルや、生春巻き、タイカレーなどは、レストランで食べるよりも先に、登美子が作ってくれた。職場の会食などで、パクチーに悲鳴を上げる同僚を尻目に、純一郎が野菜で肉を正しく巻いて見せたりすると、女性陣からは感嘆の声が出たものだ。

それが一転、亜希子と再婚してからは、クリームシチューとカレーのくり返しだった。

あれには失望と言うより、驚いた。純一郎は女というものはささっと、最新の料理を作ってくれるものだと勝手に思いこんでいたから。毎日、クリームシチューが続くとは思ってもみなかった。

いや、エスニック料理や韓国料理は外に食べに行けばいいから問題はない。残念だったのは、登美子の作ってくれた名もない料理……小松菜と油揚げを煮たものとか、糸こんにゃくを炒め煮したものとか、ピーマンとじゃこを煮たものとか……さらにそれ以上に名もない、小さなおかずの数々は二度と口にすることはないのだ、ということだった。

とはいえ、さすがの純一郎もそういうことを軽々と口にするほど、軽率でもないし、馬鹿でもない。娘が生まれ、赤目を釣って子育てに奔走しながら妻が作ってくれるクリームシチューのありがたさもだんだんわかってきた。

ただ、居酒屋なんかでちょっとしたおばんざいをふと口にする時、心の痛みとともに、登美子のことを思い出すのだった。そして、そういうおかずがいくら同じように見えても、彼女が作ったものとは少しずつ違っていることがまたつらかった。もちろん、そのどこが違っているかということを、明確に説明できるような舌も知識も持ち合わせてはいないが。

だから、宮沢から「行かない？」と誘われた時、迷ったのは確かだ。自分があの料理を食べた時、どんなふうになってしまうのか、わからなかった。

「なあ、どうする？　今度、行かない？」

「そうだな……いいよ」

つい答えてしまったのは旧友に気を遣ったのもあるし、そうは言っても実際には酒の席の戯言(たわごと)で、「今度」は来ないだろうと思っていたからだ。

だけど、その「今度」はちゃんときた。二月の初めに、宮沢が「この間の約束だけどさ……」と電話をかけてきたのにはびっくりしながら、もう逃げられない、と思った。

登美子の店はまだ六時ということもあって、二人が一番乗りだった。

カウンターの一番端の席に座った。「いらっしゃいませ」と言いながらおしぼりを出してくれたのは若い板前で、色白の涼しげな色男である。

他に年かさの……と言っても四十代半ばくらいの板前と、若い女性がいて、登美子はまだいなかった。

「今日、女将(おかみ)は？」

やめて欲しいと思うのに、宮沢が若い板前に尋ねる。

「ちょっと町内の用事があって、今夜は遅くなります」

どこか、ほっとしたような、残念なような気持ちだった。

「ああ、そう」

宮沢はそれ以上、特に何も尋ねず、純一郎のことを紹介もしなかった。

これまた、ほっとしたのと、物足りないのと、両方の気持ちが混ざり合った。自分のことを、「これ、女将の昔の、コレだよ」なんて宮沢が小指を立てて、「やめろよお」なんていうやりとりがあってもいいのではないか。気が利かないな。

そんな不満をおしかくしつつ、お互いに生ビールを注文し、宮沢が「今日のおいしいもの、適当にみつくろってよ」と簡単に言うと、板前は去って行った。

「乾杯」

グラスを重ねた時「今日のこと、彼女には言ってあるの？」とさりげなく尋ねた。

「今日のこと？」

宮沢は唇に泡をつけたまま、聞き返してきた。

「あ、俺のこと。俺が来ること」
「いや」
え、そうなの？　説明しておいて欲しかったなあ、いきなりで驚かれたり、嫌がられたら、もっとつらい。
「まあ、この間、次連れてくるよ、と言ってあるし」
ああ、そうなのか。
お通しから始まり、季節の野菜の煮物、刺身などが次々と運ばれてくる。どれもおいしいし、こじゃれているが、良くも悪くも、普通の小料理屋とあまり変わらない料理で、純一郎はやっぱりほっともしたし、物足りなくも感じた。

食事の中盤、鶏(とり)の焼き物を食べ始めた頃、宮沢の携帯電話が鳴って、彼は席をはずした。すでに、飲み物は冷酒に移っていた。
——今夜は登美子は来ないのかな……。
そんなことを考えていると、彼が戻ってきた。
「悪い、悪い、ちょっと急に会社に戻らなくちゃいけなくなった」
「え、そうなの？　じゃあ、俺も一緒に失礼するよ」
「いや、松尾は残ってよ。もう、料理も頼んじゃってあるし」
「えー」
「あとそれからさ、お前の再就職、ほぼ決まったよ」

「えええー！」
「いや、決まってはいないけど、先方は乗り気で、ぜひ会ってみたいって」
　そして、口早に翌週の面接の日程と場所を告げると、「あとで詳しいことはメールするから」と言って出て行った。
　勝手に決めるなよ、と言いたい。いったい、どんな仕事なのかも聞きたい。だけど、その本人がいない。
　昔からなんでも勝手にことを進める男だったが。いや、だいたい、元妻がやってる料理屋に来ることと、就職じゃ、勝手のレベルが違う。
――しかし、考えてみると、両方ともベクトルの違う、勝手さがあるな。ここに来るのだって、大概、デリカシーがない。
　さらに、彼は一人で行ってしまった。一人で飯を食べることもないわけじゃないが、この店で一人にされるのは……。
　そして、その時、まるで計ったかのように、奥から登美子が出てきたのだった。
　驚いた。
　登美子は白っぽい高そうな着物を着て、割烹着（かっぽうぎ）を着けていた。美容院に行ったような不自然なアップヘアではないものの、髪もきっちり結い上げられている。どこから見ても、浅草の料亭の女将、といった風情で圧倒された。
　彼女は常連客たちに挨拶して回り、最後に純一郎のところに来た。
「……元気そうね」

店の者も、客もいる手前だからなのか、登美子は落ち着き払っていた。

「ああ」

思わず、返事もそこそこに、酒をあおってしまった。

「……お料理、どうしますか。宮沢さんの分はキャンセルで……」

「そうして……ください」

「あとは温かい煮物を何かお持ちしようかと思っていましたが、他に何か、召し上がりますか」

「いや、もう、十分」

声がだんだん小さくなる。

「そうですか。お酒は……」

「じゃあ、適当にみつくろってもらって、冷酒を一合」

「わかりました」

程なくして、大根とイカの煮付けが出てきた。

それもまた、登美子が出してくれた味と同じだったような、違っているような……いや、正直、もう、なんの味かもわからないような感じだった。

大根とイカで一杯やって、そろそろ帰ろうかと思っていたら、カウンターの客が「ママ、あれ、作ってよ」と手を上げた。

赤ら顔で小太りの顔、スーツは着ていないから、サラリーマンではないのかもしれない。

「あれ」

「そう、いつものあれ」

「あ、俺も。ママのあれ、おいしいもんなあ」
隣の客も手を上げて、すると我も我もと、他に二人の客の手が上がった。
いったい、あれってなんだろう、と考えていたら登美子の視線がこちらに向き、「松尾さんも食べますか」と聞いてくれた。
「あれって、なんですか」
松尾という、昔は二人の名字だった名前が彼女の口から出てくることに、若干、胸を痛めながら聞き返す。
「……ナポリタンです」
「ナポリタン」
「ママのナポリタン、おいしいですよ」
二人の仲を知らないはずの、浅草の客たちが勧める。
「……じゃあ、少し」
「半人前、作りましょうか」
「お願いします」
十五分ほどして、小皿に盛られたナポリタンが回ってきた。ここではそのまま箸で食べるらしい。
濃いオレンジ色、ベーコン、ピーマン、玉ねぎというところまでは普通のナポリタンだけど、マッシュルームではなく、シメジが入っているところが和食屋らしい。
「あー、ありがと、ありがと」

「ママのこれ、食べたかったんだ」

これが宮沢が言っていた「登美子さんの手料理」なのか。

箸だから気を遣わず、皆、ずるりとすすり始めた。純一郎もおそるおそる口に運ぶ。

――うまいな。

思っていた以上に太い麺だ。普通は一・八ミリくらいのスパゲッティを使うと思うのだが、これはもっとうんと太い。それでいて麺の柔らかさが独特である。アルデンテではなくて、でも柔らかすぎない。生麺というふうでもないのに、もちもちしている。そして、また、味がいい。酸味はまったくなく、バターの風味がする。

――ソースはどうなってるんだろ。トマト缶を煮詰めて自分で作っているのか……いや、でも、独特の甘みもある。特別なソースを取り寄せたりしているのか。

ナポリタンは以前、何度も作ったことがあったが、こんなにおいしくは一度もできなかった。

「どうですか」

夢中で食べていると、登美子が尋ねてくれた。

「おいしいなあ」

うまいものを前にして、思わず、昔と同じような声が出てしまった。

「なんか、特別なソースでも使ってるのかな」

「いいえ、普通ですよ」

「普通？　普通のナポリタンソース？」

「いいえ、ただのケチャップです」

「ケチャップ？　じゃあ、そのケチャップが特別なのか」
「普通です。カゴメだったか、デルモンテだったか……」
登美子は苦笑していた。だけど、純一郎は問わずにいられない。
「この麺もすごい。生麺とは思えないのに、もちもちしてて、太くて」
「ふふふ」
登美子の苦笑はさらに大きくなった。
「いや、これはすごい。本当にこんなにうまいナポリタンは食べたことないよ」
そして、もう一すすりしたあと、つい言ってしまった。
「ねえ、これの作り方、教えてくれない？」
すると、登美子は、口の周りを赤くした純一郎をみつめて小さくため息をついた。そして……。
「……あなたは相変わらず、何もわかっていない人なんですねえ」
そして、奥に引っ込んでしまった。

あれはどういう意味だったんだろう。
アイスクリームが溶けかかったブルーハワイ味のソーダを飲みながら考える。
このアイスクリームとソーダが混ざった味が好きだ。クリームソーダの醍醐味(だいごみ)はここにあると思う。ストローとスプーンを使って、アイスクリームを溶かし込む。そして、さらに甘いソーダを飲んだ。
――まあ、いいか。考えたって、人の気持ちなんてよくわからないしな。

未だに娘が怒っていた理由もわからないし、現妻が出て行った理由もわからない。

純一郎はスマートフォンを取り出した。久しぶりに飲んだクリームソーダがおいしかったので、別の店でも飲んでみようか、と思ったのだ。

——あれ、ちょうどこの上の喫茶店もクリームソーダが有名らしい。

はしごすることにした。

お勘定をする時に女性店員に尋ねた。

「こちら、朝は何時からですか」

「十時からです。モーニングもあります。昔はもっと早かったんですけどね」

なに、別に朝の時間がそれほど知りたかったわけではないが、ちょっと店員さんと話がしてみたかったのだ。思った通り、とてもフレンドリーで、たぶん、自分のようなおじさんと話すことに慣れている話し方だった。

エスカレーターで三階まで上がる。

途中、二階を三階かと思い足を止めると、とたん、若い女性に「マッサージどうですかー」と声をかけられた。ふっと見ると、驚くほど、マッサージ店が多い。どうも、海外の人らしい女性が店の前にずらりと並んでいる。

——新橋の人はマッサージを受ける人が多いのかなあ、まあ、疲れているだろうからなあ。

三階にもマッサージ店はあるが、多くは、クリニックや弁護士事務所、税理士事務所でひっそりしていて、一階や地下とは、これまたまったく違う顔を見せる。

二軒目は華やかな花の名前だった。入っていくと、白いソファが並んでいて、一面が格子状の窓になっている。すでに日は傾きかけ、斜めの光が差し込んでいる。明るいのに、廊下側は暗い。不思議なコントラストを見せている。たばこも吸えるようだったが、最近は電子の人が多いからあまり臭いは気にならない。学校の教室を一回り広くしたくらいの店だ。

「お好きな席にどうぞ」

こちらは老年の男性店員がほとんどで、これまた、よい雰囲気を醸し出している。真ん中あたりの丸テーブルにつく。

「この、ソーダフロートというのがクリームソーダですか」

メニューを見ながら尋ねた。

「そうです」

「ではそれでお願いします」

白いシャツにネクタイの紳士はうなずいて、奥に行った。

注文が終わってまわりを見渡すと、客は見事なほどに中年男性、老年男性ばかりだ。ほとんど女性がいない。さっきの喫茶店も女性は少なかったけど、老女の団体とか、母娘の客がいた。今時、これほど女性がいない店もめずらしい。

しばらくして出てきたクリームソーダにはっと胸を突かれた。

なんとも美しい。

丸いワイングラスにグリーンのソーダ、やっぱり丸いアイスクリームが浮いている。それだけだ。こちらはサクランボも入っていないし、クリームも絞っていない。ただ、グラスの下に、木製の小さくて細長いトレーが敷かれ、そこにスプーンとストローが置いてある。なかなかおしゃれで実用性も高い。しかし、この美しさはそんな簡単なものだけが理由ではない気がした。

白いソファで窓枠も白い、この店の雰囲気ととても合っている。こういう場所で写真を撮ったりする趣味はない純一郎だが、この美しさはとどめておきたくなる。そっと、スマホを取り出してあたりを見回し、誰もこちらを見ていないのを確認して、ぱしゃぱしゃとシャッターを切った。

——まあ、喫茶店巡りが趣味、ということになったら、写真の一枚や二枚はいいだろう。

さっきの富士山のようなクリームソーダもかわいらしくてよかったが、これはすごい。

そっと口をつける。味はごく普通のメロンシロップとあっさりしたアイスクリームだ。また、スプーンでちょんちょんとつついて、溶かし、ソーダとアイスクリームの混合されたおいしいカクテルを飲む。

——ああ、クリームソーダって良いものだなあ。

自分が撮った写真を確認していると、ちん、と音がして、娘からＬＩＮＥが届いた。

授業料についての大学からの連絡を転送してきたのだった。彼女からのメッセージは一言だけ。

——ちゃんと振り込んでよ。

だった。

——なんだよこれ。オレオレ詐欺だってもう少し温かみがあるだろ。

ふっと思いついて、「わかった」と返信したあと、今撮ったばかりのクリームソーダの写真を送ってしまった。

——何、これ。

——クリームソーダだよ。いいだろ。

既読は付いたが、返事はなかった。

純一郎は深くため息をつくと、また、クリームソーダを飲んだ。

丁寧な仕事の上に現れる、普通のものに宿る美しさ。世の中にそういうものがあることに、純一郎は知ったのだった。

三月　午後三時の学芸大学

　中目黒……この町の名前を聞いただけで、松尾純一郎の胸はちくりと痛む。降り立つのは……半年ぶりだろうか。

「店長、お久しぶりです」

　カフェのテーブルに座っていると、肩を叩(たた)かれた。振り返ると、斗真(とうま)がにっこりと笑った。相変わらず、しゅっとした男前で清潔感があり、髪を薄い茶色に染めているのもよく似合っている。

　駅のすぐ隣のチェーン系カフェを指定してきたのは、彼自身だった。

「ドトールはいつも混んでるけど、そこはわりに座れるので」

　自分との関係を考えた時、そういう場所を選んだのは無神経なのか、気を遣ってくれているのか……今ひとつ、わからない。

　彼にはそういうところがある。

「僕も飲み物、買ってきますね」

「あ、払うよ」

一緒に立ち上がろうとしたら、「まあ、いいですよ」と押しとどめられた。こっちが今、無職なのを知っているからかもしれない。そういうところはやっぱり気が利くのだろう。

お互い、一番安いコーヒーを前に改めて挨拶した。

「お久しぶりですね」

「ああ、本当に」

彼と会うのもちょうど半年ぶりなのだった。ちょっと近況報告でも、という連絡が来たのだ。

「店長、お元気そうですね」

「斗真君も」

「そういう格好していると、やっぱり、サラリーマンぽーい」

純一郎のスーツ姿を見て、彼はそんな軽口を叩いた。

今日は、前の仕事でお世話になった人の会社に顔を出してきた。宮沢に紹介された会社からまだなんの返事もないので、就職も頼んでみたが、色良い返事はもらえなかった。

そうか……彼には店でのエプロン姿しか見せてなかったから、これが意外に新鮮なんだ。

「斗真君は今、どこかでバイトしてるの？」

「それが結局してないんです。あれから探してたんだけど、就職活動が始まっちゃって、なんとなくそのまま」

「なんだか、申し訳ないね」

「店長が謝ることじゃないし」

彼はまた、顔を横に傾けて、にっこりと笑った。そういう優しい仕草が似合う男の子だった。
店長、店長、と今はもう誰も呼んでくれない名称を連呼されるのはこそばゆかった。
「今日は学校あったの？　もっと家の近くの方がよかったんじゃ」
確か、彼は谷中の方に住んでいるはず。
「今日は大学に来ないといけなかったんです。卒業制作のこともあって」
斗真が純一郎を「店長」と呼ぶのはわけがある。
まさに、純一郎がこの町で喫茶店の店長をやっていたからだ。

一年半前、純一郎の会社が五十歳以上の社員を対象に、希望退職を募った。条件は現在の退職金に二千万を上乗せする、という東証一部上場企業といえど破格なもので、一時はネットでもその話題で持ちきりになっていたほどだ。定年の六十まで働いたら退職金は三千万くらいになると純一郎は胸算用していた。それに二千万のプラス。五千万が今すぐに入ってくることになる。

――三葉(さんよう)建築の希望退職のニュース。管理職クラスなら五千万くらいの現金が入ってくる計算。米国株の投信にぶち込めば、年最低でも二百万の収入になる。働けるうちは別のところで働いて、年金もらえるようになったら悠々自適。俺なら一瞬でやめるね。

――自分なら地方都市に移住して、アパート二つ買うかなー。そしたら、簡単にＦＩＲＥだ。別に東京にいる意味もないし。博多とか、仙台とか、よくない？

――三葉建築の早期退職。ＪＴ株一択。年利七パーだぜ。

ネットには無責任な言葉があふれかえった。

勝手なことを言ってくれる、そんな簡単に退職できるか……純一郎たちは苦笑交じりに同期や同僚たちと話したものの、手を挙げた社員は少なくなかった。気がついたら二百人の定員はすぐに埋まった。

そして、当時、五十五歳の純一郎も……そこに身を投じた一人だった。

これまた、離婚の時と同じで、平々凡々の自分が早期退職するとは夢にも思わなかった。それなのに、いや、だからこそなのか、退職したくなってしまった。

退職したい、そして、喫茶店を始めたい。

そんな突拍子もない願いを、妻の亜希子はもちろん、「絶対に許さない」と怒った。

「喫茶店なんてできるわけないじゃないの。あなたはあの会社に勤めているからこその人。外の世界じゃやっていけない」

亜希子の言葉には的を射ているからこそ、うなずけないものがあった。

「どういう意味だよ。あそこに勤めているからこそ、って」

「大企業だからこそ、あなたのような性格のいい、おっとりした人でも成果を上げられるの。店をやるなんて、無理」

グサッときた。まるで、あなたは無能、と言われている気がした。そんなふうに俺のことを思っていたなんて。
「だいたい、喫茶店なんて、経験ないじゃない」
「そんなことはない。学生時代に喫茶店のアルバイトをしていたことがあるし、会社で手がけたビルの中で、喫茶店を始める店舗の担当をしたこともある。その時は、店主に、『やっぱり、経験者は違う。アドバイスがありがたい』って何度もお礼を言われたんだから」
　だから、純一郎も頑張って、少しでも改築代が安く上がるよう、会社にも掛け合ってやったのだ。
　妻は小さくため息をついた。
「やってみるのと、アドバイスをするのとは違うわよ」
「でも、ただの初心者っていうわけじゃないってことは認めてくれるよね」
「……認めるわ、認めるから、もう少し考えて。亜里砂だって、まだ大学生なのよ」
　それはわかっていた。でも、亜里砂のこれからの学費はちゃんと別に確保した上で開業しても、いわゆる、老後の二千万円問題に当たる、二千万くらいは残る計算だった。
「今退職しようが、あとで退職しようが、いずれは会社の外に出ることは同じだし、どこかで別の仕事をしなきゃいけないんだよ。だったら、まだ若い、別の世界に適応力があるうちがいい。なんとか軌道に乗れば、老後は有意義で楽しいものになるさ」
　会社で働くことに飽き飽きしていた。これ以上出世の見込みがないこともよくわかっていた。そろそろ、同期どころか後輩が部長になっている。年上の自分のようなものがうろうろしているのは彼らにとってやりにくいはずだ。たぶん、次の異動あたりで適当な閑職を与えられ、定年を待つことになるのだろう。

　それが悔しいともあまり思わない。ただ、ゆっくりと会社の中で死を待つのがつらかった。そんな矢先、純一郎の気持ちを読んだかのように会社が打ち出してきた、早期退職だった。

　手を替え品を替え、さまざまな言葉を尽くして妻を説得した。それでもなかなか首を縦に振らない妻に、最後はこう言った。

「なあ、一生に一度くらい、自分の好きなこと、やりたいことをやらせてよ。今まで、なんでもお前の言う通りやってきたじゃないか」

　実際、亜希子が望むままに動いてきた。亜里砂の習い事や中学受験、亜希子自身には茶道の稽古、純一郎の実家を建て替えて二世帯住宅を造る……すべてかなえてきた。そして、その言外には「離婚もして、お前と再婚したじゃないか」ということも含んでいた。彼女に伝わったかは謎だが、それで黙ったのだから、効果はあったのだろう。

　まだ不安がる亜希子を押し切って退職、半年の準備期間を経て、開店した。場所はまさに、この中目黒の高架下だった。電車の音がうるさかったが、立地は抜群。ただ家賃も高かった。

　勝算はあった。

　中目黒にはおしゃれなカフェやチェーン系カフェはあったけど、どこも混んでいたし、純一郎が計画していたような純喫茶はほとんどなかった。目黒区は若者も来る町だが、意外と中高年が住んでいる。そういう少し歳の行った、豊かな老人たちも引きつける店にしたいと思った。

　日本政策金融公庫からも少し金を借り、亜希子との約束は守って、退職金から学費と二千万は残してほとんどすべてを使ってしまった。

そして……約半年で潰した。

いや、潰した、というより、早めに撤退した、と言って欲しい。せめて勇気ある撤退と。公庫から借りた金はちゃんと返せたから、借金までは残らなかった。

池知斗真はその時のアルバイト学生だ。

中目黒の芸術系大学に在学中で、純一郎が出した求人広告に応募してやってきた。働き始めてから、亜里砂の友達の友達、ということがわかって、ちょっと驚いた。大学生というのは、学校が違ってもどこかでつながっているらしい。

「店長……今、何してるんですか。毎日」

斗真はまっすぐな瞳でぐさっとくることを聞いてきた。

「何って……就職の面接に行ったり……」

本当であって、嘘でもある。宮沢から紹介された会社に行ったきり、しばらく新しい仕事は探してない。今日は「再就職先を探す一環」だと自分に言い訳して、お世話になった人に会っただけだ。楽な方に逃げている。

職安にも一度だけ行ったのだが、「贅沢なことは言いません。週休二日で、休日出勤がなくて、残業があまりなくて……まあ、歳なので……事務職ならなんでもいいです。あ、給料は三十万くらいもらえれば、なんでも」と言ったら、それまで黙ってパソコンに条件を打ち込んでいた担当者が……若い女性だった……手をぴたりと止めた。

「……そんな求人は一つもないと思ってください」

「え」

まあ、ちょっとは驚いたが、ある程度年齢のいった求人はむずかしいのはわかっていたので、そこまではそう驚かなかった。

「じゃあ、二十万くらいでも」

一気に三十パーセント以上オフしたのに、彼女の顔色は優れなかった。

「ないですね……松尾さんの年齢だと」

「え。じゃあ、十五万くらいなら……」

最初から五十パーオフした。さすがにこれ以上は下げられない。

「……そんな高望みは無理だと思ってください」

「やっぱり、僕らの歳では無理なんですかね」

思わず、自嘲まじりの苦笑が出た。

「いいえ、若い人でも、です」

え。もう声は出なかった。

週休二日で月十五万の求人がないなら、この国でどうやって生きていけばいいんだ。

純一郎は自分のこと以上に、若者と日本を憂えてしまった。

一応、彼女がなんとか探してくれた「週休二日、月十五万、事務職、年齢制限なし」の条件に合う会社に一つだけ面接に行ったが、面接会場は長蛇の列だった。採用担当者に冒頭「すみません、百人以上の応募者がありました」と言外に不合格を告げられた。

そんなことを一度でも経験したら、絶望的にもなる。

職安の担当者からは、資格を取って介護の仕事をするか、工事現場の交通整理などの比較的軽い肉体労働を勧められていた。
　現実を知って、今はちょっと思考停止している状態だ。
「……喫茶店巡りをしたり」
「今さら？」
「今さら、って？」
　つい聞き返してしまう。
「だって、そういうことって普通、開店前にやるでしょ」
「あ、まあ、そうねえ」
　確かに、そうだ。
「いや、もちろん、開店前も勉強はしたけど、今はもう純粋に趣味」
「ずいぶん、余裕っすね。無職なのに」
　斗真はまたも、ぐさっとくることを言う。
「いや、余裕なんてないけど」
　あまりにもはっきり言われて苦笑いしてしまった。
「店長って……バブル世代ですよね？」
　まるで、それを怖いもののように口に乗せてくる。
「いや。いや、でもまあそうかな。就職して数年くらいで終わっちゃったけど」
「だから出てくるんですかね。そのポジティブ思考……尊敬してます」
　褒めているのかけなしているのか、わからないことを言う。

「でもさ、すごく楽しいんだよ。喫茶店て本当にいろいろあるんだよね。例えば、純喫茶と一口に言っても、何よりコーヒーがメインで他には何も出さない、なんてストイックな店があれば、昭和レトロの店、フードがメインの店、いろいろあってさ。そのそれぞれがまた特色があって一つじゃない。場所や時間、何より、お店の人やお客がまた別の雰囲気を醸し出してる」

「逆に、それ知らずに、店を出してたんですか」

「いや、もちろん知ってたけどさ。今、仕事ということを離れると、さらに楽しいんだよね」

「店長って」

斗真がめずらしくため息をついた。

「何もわかってなかったんですねえ」

その理由を聞く勇気はなかった。

じゃあ、僕は大学に行きますね、と言う斗真とはそこで別れた。

しばらく、中目黒の町をぶらぶらと歩いた。三月の初めなのでまだ桜は咲いていない。

そのまま、中目黒でお茶を飲んでもよかったのだけど、やっぱりこの町で喫茶店に入るのはかすかに心が……いや、本当はずきずきと古傷が痛む。

少し先に、ちょっと有名な喫茶店があったな、と思い出して東横線に乗り、学芸大学で降りた。駅からすぐのところにその店はあった。細い階段を上がって二階。初めての店は緊張する。おそるおそる引き戸を開けると、ちょうどいい音量でクラシック音楽が流れていた。入ってすぐ、正面に細長いカウンターがあった。

少し年配の女性が「いらっしゃいませ。こちらへどうぞ」とそのカウンターを指してくれた。一番端っこに座らせてもらう。

すぐにメニューが運ばれてきた。

コーヒーは炭火焙煎らしい。ブレンドは二種類、「苦みの利いたサントスブレンド」と「フルーティな酸味のモカブレンド」だ。他に豆の種類が選べるストレート・コーヒーやさまざまなバリエーション・コーヒーがある。紅茶はポットサービスで、ダージリン、アッサムなどが数種類に、バリエーション・ティがあった。

フードはスイーツと軽食が数種類。トーストとフレンチトースト、クロックムッシュ、プリンにチーズケーキだった。

シンプルなメニューがこの店の、濃い木目調のカウンターや調度品、そして女性店主に合っていて、とても落ち着いた雰囲気を醸し出している、と思った。

メニューを選んでいる間に、隣に座ったあとから入ってきた客が「フレンチトーストとコーヒー」と注文した。

「あら、フレンチトーストなんて、めずらしいですね」

「ちょっと食べたくなって」

「旅行どうでした?」

そんな会話が交わされているところを見ると、常連客らしい。

俺もフレンチトーストにしようかな、と思った時、「この店のフレンチトーストは映画の『クレイマー、クレイマー』のフレンチトーストを参考にしてるって本当ですか」という会話が聞こえてきて、はっとした。

店主の答えはよく聞こえなかった。

『クレイマー、クレイマー』と言えば、仕事人間だった夫が、子供を置いて妻に出て行かれ、右往左往する映画だ。

あの映画でフレンチトースト作りは結局、成功したんだっけ……と考えていたら、なんだか、おかしな気持ちになってきた。それを振り切るように軽く手を上げて、注文する。

「すみません。クロックムッシュとモカブレンド、お願いします」

はい、という小さな声の返事が聞こえた。

店主が丁寧にペーパードリップでコーヒーを落としてくれているのを見ていると、気持ちが収まってきた。

モカブレンドは花柄の繊細なコーヒーカップに入れられてやってきた。一口すする。酸味は言うほど強くない。むしろ香りの良さが引き立った。

続いて、やはり店主がカウンターの中で作ってくれたクロックムッシュが運ばれてきた。

薄いパンが二枚重なり、耳がそのまま付いた食パンの上にとろけるチーズがのっていて、六つに切り分けられている。小ぶりのフォークが添えられていた。

見た目は素朴で、なんだか昔、母が朝食や土曜のお昼に作ってくれたチーズトーストのようだ。

一切れ、手で取って口に運んだ。

――うまいなあ。

かりかりに焼かれた耳がおいしい。これは耳がついていて正解だ。それに香ばしいチーズ、挟まった薄いハムのマリアージュがすばらしい。ハムと一緒にホワイトソースが塗ってあるのがそれを生み出しているのだろう。つい、母の味だと思ったりしてしまったが、やっぱり違う。プロの仕事だ。

隣の常連客が食べているフレンチトーストが、甘い香りを漂わせていた。

ふと、自分はフレンチトーストを作れるのだろうか、と思った。

純一郎の店にはフレンチトーストはなかった。おそらく、一度も作ったことがない。たぶん、卵と牛乳を混ぜて……あれだろ？　砂糖は最初からいれるんだっけ？　それとも……。

妻がいなくなり、娘が小さかったら、きっと自分も映画のあの男のように右往左往していただろう。

そんな自分が喫茶店を開くなんて、思い上がりだったのだろうか。

考えていたら少し頭痛がしてきた。なんだか、もっと甘いもの……だけどフレンチトーストではないものに慰められたいような気持ちになって、クロックムッシュを食べたあと、次の店に行ってしまった。

駅から近い、有名洋菓子店を思い出したのだ。店内に簡単なカフェが併設されている。

大混雑しているショーウィンドーの前を通って、喫茶コーナーに向かう。

空色の制服を着ている若い女性が「どうぞ、お好きなお席に」と言ってくれて、半月形のテーブルが壁に寄せてある、一人がけの席に座った。

あれがあるのだ。純一郎が愛してやまない、あれが。

ケーキセットを頼もうとメニューを見ると、そこにケーキの種類はない。

「お決まりですか」
店員が話しかけてきた。
「あの、ケーキとコーヒーをいただきたいんですが」
「ケーキはショーウィンドーの中にあるものを選んでいただきますので……」
あ、そういうことか。
席を立って店内に戻り、ケーキを確認した。
ショートケーキだとかモンブランだとか、定番のケーキはどれもおいしそうだけど、純一郎の目当てはそれではない。
この店には今時めずらしい、バタークリームのケーキがあるのだ。発酵バターを使ったやつが。
――バタークリームのケーキは三種類か……チョコレートでコーティングされたダミエ、ミルフィーユ、そして、ロールケーキ……値段はそれぞれ……、三百三十円、三百三十円、二百五十円！　え。安いなあ。
有名店だけれども、家の近くの「ケーキ屋さん」とでも言うべき値段設定で、嬉しく懐かしい気持ちになった。
「どうするかなあ」
童心に返ったようで、つい独り言を言いながら、席に戻った。
片手を上げて、店員を呼ぶ。
「じゃあ、ホットのコーヒーと……それからミルフィーユを」
「かしこまりました」

しばらくすると、白いカップ&ソーサーのコーヒーと白い皿のケーキが出てきた。皿の縁が波打ったようなシンプルなデザインだが、これもまた、町の「ケーキ屋さん」というふうで好ましい。

ミルフィーユには小さなフォークとナイフが添えられていた。パイ生地にバタークリームが挟まれ、何段にも重なっているので、その気遣いだろう。

潰れてしまうといけない、と注意しながらナイフを入れると、さくさくさく……といい音を立てながら、きれいに切れた。まるで雑誌やテレビにも出せそうなくらい、きれいな断面が現れる。

なんというか、確信は持てないものの、こういうことも計算されているのではないか、とちょっと思った。パイ生地を使ったケーキは崩れやすい。きれいに切れなくてもおいしいし、口の中に入れてしまえば同じだけど、やっぱり気持ちが下がるのだ。

——そういうことまで考えてくれているのではないか、この店は。

一切れをフォークにさして口に入れる。

パイ生地が一噛みでほろりと崩れ、熱でとけたバタークリームが優しくつつむ。

——ああ、この味、この味。

そこにコーヒーを口に含んで流し込む。コーヒーは酸味にも苦みにも偏っていない一杯だ。だけど、万人に好まれそうで、何よりこのケーキにとても合う。

思い出した。

この店は妻の亜希子が探してくれた店だった。

何年か前の純一郎の誕生日に、彼女が用意してくれたケーキを食べながら「おいしいんだけど、なんかちょっと違うんだよなあ」とつぶやいたことがあった。

「え、何が?」

亜希子は自分が選んできたケーキをけなされたと思ったのか、つっけんどんな聞き方をした。いや、普段からそういう話し方をする女ではあったが。

「超人気店のケーキなのよ。少し前から池袋のデパ地下で予約してたんだからね。生クリームが特別なんだから」

娘も妻も、こういう時は必ずいろいろ調べて、今一番人気があったり、テレビで紹介されたりした店を選ぶ。

隣で、娘も大きくうなずいていたっけ。このクリームの味がわからないって、本当にわけわかんない、というような顔で。

「いや、あのさ。本当にこのケーキはおいしいんだよ。だけど、昔、自分が食べていたのとはちょっと違ってさ。なんて言うか……クリームがちょっと固くて、でも、口の中に入れるとさっととけてね、こってりとしていて……あれ、もう一度食べたいな。亜希子は食べたことない?」

「さあ、昔からこんなんだったわよ」

五つ以上年下の妻にはまったく意味がわからないようだった。

だけど、それから数週間後の金曜日の夜、食後に「はい」とケーキの箱を純一郎の目の前に置いてくれた。

「何これ」

「ケーキ」

「だって、今日、なんでもないだろう。君の誕生日でもないし、クリスマスでもないし……」

首をかしげると箱を開けてくれた。

「あなたが言ってたの、これじゃないかと思ってね」

箱から出してくれたのはこの店のケーキ、ダミエだった。二色のスポンジケーキを市松模様に組み合わせ、周りをバタークリームで囲んで、チョコレートでコーティングしている。

一口食べて、はっとした。

「これだよ、これ、これ。昔のケーキの味だよ」

「でしょう。あなたの年代の人はバタークリームのケーキだったって。今またリバイバルでちょっと流行ってるって新聞で読んだのよ。で、ネットでバタークリームのケーキを出している店を探して、ちょっと足を延ばして学芸大学まで行ってきたの」

「そうなの？　ありがとう」

亜里砂は友達と会うとか言って、いなかった。夫婦二人で過ごすことが増えてきた頃だった。

いったい何を飲みながらケーキを食べたんだっけ。コーヒーを淹れた記憶はない。では、亜希子が紅茶を淹れてくれたのか……。

亜里砂はそのあと遅く帰ってきて、バタークリームのケーキを一口食べ「うーん、あたしはないかな。普通の生クリームが好き」と言い放った。

なんだかんだ言って、優しい妻だ。気は強いけど、純一郎が言ったちょっとしたことを覚えていて、探してくれたりした。

——やっぱり、亜希子とちゃんと会って話さなければならないな。

ずっと見て見ぬふりをしてきた。彼女の方から声がかかれば会おう、声がかからないのは会いたくないということだろうからと、心の中で言い訳してずっと逃げてきた。

でも、ここはやっぱり。

――自分から声をかけるべきだろうな。

やっと、決心がついた、気がした。

四月　午後五時の東京駅

　平日の正午、松尾純一郎は千葉県の富浦駅に立っていた。
　思っていた以上に風光明媚な場所で、駅に降り立った時はかなり驚いた。
　正直、千葉と聞いて、いわゆる地方都市の駅を想像していた。もちろん、駅から少し離れたら畑や山が見えるのだろうが、駅前には駅ビルやスーパーがあり、ちょっとした喫茶店なんかもある場所なんだろうな、と。
　しかし、富浦駅、本当に何もない。駅から出ると、いきなり四方を畑にほぼ囲まれている。青々と茂る若草は美しいが、ここまで緑豊かだったとは……。自分も埼玉県に生まれ住んでいるのだから、よそのことは言えないが、だからこそ、もう少し都会かと軽く考えていた。
　十二時ぴったりにワゴンの軽自動車が駅の小さなロータリーに入ってきて、同期の友人……松井敏夫がドアを開けて手を振った。急に気持ちが上がって、友達に会った子供のように駆け寄ってしまった。
「松尾ー、元気だったか」

「元気元気。久しぶりだなあ」
「さ、乗って乗って。狭いけど」
純一郎は勧められるがままに助手席に座り、シートベルトを締めた。
「どう？　孝子さんは元気なの？」
松井の妻の名前で尋ねたが、それは彼女の身を案じると言うよりも、松井夫婦全般の様子とか、ここに移住してきたこととかすべてをひっくるめて「大丈夫か？」と聞いたつもりだった。
「元気だよ。まあ、会えばわかると思うけど」
彼は笑った。
「田舎でびっくりしただろう」
「まあね」
素直に答えることができる。
松井は同期の中でも一番本音で付き合える仲間だった。会社員になってそういう相手を見つけられたのは貴重なことだった。
松井とは新入社員研修の時から席が近く、少し話しただけですぐに打ち解け、二人とも名前に松が付いていることで「松松コンビ」なんて言われるくらい、ずっと仲が良かった。
そして、松井もまた「早期退職」に手を挙げた一人だった。違うのは純一郎が課長程度で会社員人生を全うしそうだったのに、松井は社長まで行くんじゃないか、悪くても副社長くらいには……と言われていた、エリート社員だったところだ。
彼が早期退職に手を挙げたのは一番早かった。純一郎も彼の姿を見て、かなり背中を押されたところがある。あの松井が退職するなら、俺もやってみるか、という考えがまったくなかったとは言えない。

ただ、これまた違うのは純一郎の退職願があっさりと受理されたのに比べて、松井のはなかなか認められなかったことだ。好条件を提示され、かなり強く引き留められていると噂に聞いた。そのため、松井の退職希望は他の社員をうながすためのフェイクで、彼自身は「会社に強引に引き留められた」という体で、それを覆すのではないか、とまことしやかにささやかれた。その後は人事部長、総務本部長、常務取締役までが約束されているのだ、とか。

だが、松井は純一郎に遅れること、二ヶ月、ちゃんと退職した。親友で、彼に二心がないことを重々承知だった純一郎でさえ、退職後、彼がまだ会社にいる間はなんだかだまされたような気がしないこともなかった。松井に退職を勧められたわけでもないのに。彼の退職願が無事受理された、と聞いた時には本当に申し訳ない気持ちになった。

「孝子も喜んでるよ。本当にこっちに来てよかったって」

「そうか、よかったな」

松井は例の退職金プラスアルファで、こちらに家を買った。海まで歩いて行ける場所にあって、庭の一部は畑になっているらしい。

そして、これは退職前に一度飲んだ時、純一郎だけが聞いた話だが、千葉市内にアパートも買ったそうだ。中古だが現在のところ満室で、ローンを払っても、それだけで生活できるほど家賃が入ってくると言う。そのローンも十年ほどで終わる。

彼はそういうことをエリートコースの激務に耐えながら、こつこつと準備していたらしい。不動産の勉強をし、いつかは海辺の家を買おうと夢みていた、と聞いた時には心から感心したし、社長まで上り詰める、と噂されていた親友の、意外とささやかな夢を知って、さらに好きになった。

「だから、早期退職募集は渡りに船だったんだよなあ」

彼はニコニコしながらそう話してくれたっけ。

畑と林を抜けて海沿いの道に出ると、彼の家まではすぐだった。

「松尾さん、お久しぶりです」

家の前まで孝子が出て待っていてくれた。

薄いブルーの壁に青い屋根、白い柱……別荘か、ペンションのような作りの家には、アメリカ映画に出てくるようなポーチまであって、少し「やりすぎ」感はあったが、子犬を抱いている妻は幸せの象徴のようにまぶしかった。

「ごっつい家だなあ」

「別荘として建てられたのを中古で買ったんだよ。そんなに高くなかった」

「すごいじゃないか。あとでポーチでお茶でも飲ませてよ。あれ、夢だったんだ、俺も」

「さあ、どうぞ、どうぞ」

招かれた部屋は、さすがにアメリカ風ではなく、洋室だが日本的な間取りである。一階だけを案内されたあと、リビングのテーブルに着いた。そこには孝子の手料理らしいメニューがぎっしりと並んでいた。

「うわあ、おいしそう。孝子さん、ありがとうございます」

「いえ、どれも簡単なものなんですよ。買ってきたものもありますし」

鯛(たい)のアクアパッツァに鯵(あじ)のにぎり寿司(ずし)、厚焼き玉子で巻いた巻き寿司、彩りのよい野菜サラダ、煮物……説明されなくても、地元の食材を使った料理だとすぐにわかる。そして、どれもうまかった。

思い出話をしながら、でも、純一郎の妻、亜希子のことには触れてこないのが夫婦の優しさで、本当にいい人たちだなあ、と思う。

松井と孝子は学生時代からの付き合いで、娘二人と息子がいたはずだ。

「今、美和(みわ)は結婚して夫の転勤に伴って大阪だし、美沙(みさ)は東京で一人暮らし。すっかりキャリアウーマンになっちゃって、とてもこんなところからは通えないってさ」

「皆、ご立派になったんだなあ」

「亜里砂ちゃんも大学生でしょ?」

「そろそろ、就職活動しているみたい。何考えてるのか、よくわからないけど」

「子供は皆そうよ」

息子さんは……と尋ねる前に、彼女は言った。

「もう少し飲みませんか。今日は発泡するタイプの日本酒も用意しているんですよ。近所の酒蔵の新酒なの」

酒を飲んでいるのはもっぱら純一郎と孝子で、松井は手をつけなかった。

「ぜひ」

「あとで、酔い覚ましにパパと海岸に散歩に行ったらいいわ。天気もいいし、豆太郎(まめたろう)も連れて」

「夕方の散歩をさぼりたいんだろ」
「ばれたか」
彼らは亜希子だけでなく、前の妻、登美子のことも知っている。結婚前はダブルデートしたこともあるし、なんなら、そろって結婚式にも出てもらった。心得た夫婦で、純一郎の失敗も知っていて、でも、そのことにはあまり触れてこない。
すべてを知られた間柄で、そのことは話さずに、でも、のんびりと酒を飲めるっていいなあ、と思った。
「毎日、どんなふうに過ごしているの？」
「あたしは朝起きたら、まず、豆太郎の散歩でしょ」
彼女は横で静かに寝ている豆柴を愛(いと)おしげに見た。
「それから、畑の水やりをして、ご飯の用意」
「いや、朝はほとんど僕が作ってるぞ」
「パンの時だけでしょ。そのパンはあたしが焼いてるし」
「でも、ホームベーカリーにセットするだけじゃないか」
「それが大変なのよ」
ねえ、と彼女は純一郎に同意を求める。
「焼きたてパンなんて、最高じゃないか。松井は？」
「僕も同じくらいの時間に起きて、この辺を軽くランニングして、やっぱり畑仕事して」
「あと、あたしは週に何回か、この辺の道の駅でパートしているの」

「僕も同じくらいの回数、老人ホームでボランティアをして……あと二人で、合唱サークルに入って週一回練習してる」

「このあたりにもなじんでいるんだ。偉いなあ」

「いやいや、まだ、そのくらいじゃなじんでいるとは言えないけどね」

考えてみれば、松井のことを疑う理由なんてなかったのだ。

若い時も彼はエリートコースにいたが、一度、地方に異動になったことがあった。その後、本社に呼び戻されたが、彼は「これからはずっと地方支社を回りたい」と希望を出して、ちょっとした騒ぎになった。それはコースから外れる、と自ら宣言することだからだ。理由は「子供たちとの時間をもっと作りたいから」だった。実際、東京にいるより、地方の方が時間の自由が利く。

純一郎の世代ではそういう人間はほとんどいなかった。そんなコースとは無縁の純一郎でも、考えたこともないことだった。

彼の願いはやはり受け入れられなくて、でも、東京と地方を行ったり来たりすることは許された。すごいのはそれでも、彼が出世コースから脱落しなかったことだ。

しかし、考えてみると、日本の会社組織だと、そんなできる松井でも、ダメな純一郎でも、早期退職したら生涯賃金はほとんど、いや、たぶんまったく変わらない。だったら、確かに、楽な仕事で子供と一緒に過ごせた方がいい。彼には先見の明があったのだ。

食後は本当に、松井と一緒に海辺まで歩いて行き、豆太郎のリードまで持たせてもらった。人なつっこい犬で、純一郎にもすぐなついて、足下にまとわりついた。

「……いい生活だなあ。これで家賃収入もあるなんて、夢みたいじゃないか」

「まあなあ」
松井は海に石を投げながら答えた。
「うらやましいよ」
なんの邪気もなく、純一郎は言った。
「昔から変わらないな、お前と一緒にいると、本当にほっとするんだよ」
松井が笑いながら言った。まるで愛の告白のように。
「え、そうか？」
「うん……なあ、亜希子さん、どうなった」
「……まだ、娘と暮らしてるよ」
二人が出て行ったことは、前に二人きりで飲んだ時に話した。
「そうか……お前、いいやつなのになあ。本当にいいやつなのになあ」
「それ、亜希子に言ってやってよ」
純一郎が冗談で言うと、わははははは、と豪快に笑った。
帰りは、酒を飲んでいない松井が千葉駅まで送ってくれることになった。固辞したのだが、こんな遠くまで来てくれたのだから、と彼らもゆずらなかった。
「千葉まで行けば、東京駅までは四十分くらいだな」
「申し訳ない」
「いや、こっちこそ、申し訳ないよ。本当はもっと近くまで送っていくべきなんだが」
そこから千葉駅まで一時間ほどかかった。昔の同僚や先輩のこと、上司のことなどで話が尽きなかった。お互い退職した今だから話せることもたくさんあった。

「いや、本当にいい暮らしだなあ。老後、なんの不安もないんだろ、うらやましい」

もう、なんか、今の家を売って、こっちに引っ越してきたいなあ、とさえ思うくらい、楽しかった。

「お前ほど幸せな退職はないよ。孝子さんに感謝しないと」

最後にもう一度、素直にその気持ちを言うと、彼は一瞬、黙った。

「……そんなことないよ……どんな家にも何かはあるさ」

「そうか?」

すると、彼は絞り出すように言った。

「僕はお前がうらやましいよ……お前は本当に、何もわかってないんだなあ」

千葉駅で松井と別れ、東京駅まで電車に乗って帰ってくる間、彼の言葉を考えていたけど、答えはわからなかった。同じようなことを、何度も言われてきたような気がする。

なんだかもやもやしたものを抱えたまま駅に着いて、時計を見ると、五時だった。

——このまま帰っても、一人だしな。

普通のサラリーマンなら新橋あたりで酒を飲みながら飯を食ったりするのかもしれないが、飲みたい気分でもないし、平日の会社員を見たらなおさらさびしく悪酔いしそうな気がした。

——こういう時はあれだな。

喫茶店だ。

幸い、東京駅周辺には行ってみたいと思ってチェックしていた店がいくつかある。スマホを開いてそれを見ると、いくつかの名前に混じって、京都が本店の老舗喫茶店が、百貨店の中に店を出しているのが記録してある。ここにするか。なかなか東京駅まで来ることはないから。

それは紳士服売り場の一角にあった。

夕刻の店内は少し暗いが、それが店の雰囲気をさらに盛り上げている。赤い革張りの椅子に濃茶の木製のテーブル。ここが東京駅だということもあるのか、どこか、古い列車の食堂車を思わせる。

——まるで、アガサ・クリスティの小説の中みたいだ。

一人だと店員に言うと、窓際のカウンター席に案内された。八重洲の町中が見下ろせる。

メニューを開くと、フードはサンドウィッチ、トースト、フレンチトースト、スパゲティ、スープ、サラダ、ケーキ各種と平均的な喫茶店メニューだ。ただ、どのメニューも丁寧に作ってあるんだろうな、ということが写真からも伝わってくる。

少し変わっているのが「京のブランチ」というクロワッサンや玉子料理、ソーセージを組み合わせたセットメニューがあることだった。しかし、これは午後四時まで……。

——確か、この店は池波正太郎のエッセイの中にも出てくるんだよな。サンドウィッチを抱えて列車に乗り込む、と。

タマゴ、ヤサイ、フルーツ、ミックス……と彼が書いていたロースト・ビーフはここにはないようである。本店ならあるんだろうか……と思いながら、最後の「ビーフカツサンド」に目をひかれる。

——少し高いけれど、これも池波先生が食べた味だ。やってみるか。

店員は男性のみだった。若い男を呼んで注文する。

「ビーフカツサンドと……ブレンドコーヒーで」

「ブレンドコーヒーはお砂糖ミルク入りでいいですか」

あ、ここの店はそれがあるんだっけ、と思い出す。池波正太郎が「京都に行くたびに立ち寄る」とひかれたコーヒーはお砂糖ミルク入りだったのか、否か。

いや、別に池波正太郎を気取ろうというわけではないが、せっかくならあの食通と同じものを食べてみたい。

「じゃあ、それでお願いします」

老舗の「甘さ」というものがどういうものか、味わってみよう。

八重洲の町をぼんやり見下ろす。

——僕はお前がうらやましいよ。

ふいに、松井の言葉がよみがえった。

あれはどういう意味なのか。自分の人生に人が「憧れる」という箇所がまったく見つからない。

妻の亜希子と話さなければ、と思いながら、すでに一ヶ月が経(た)っている純一郎である。今日は連絡しよう、明日は連絡しなければ、と思いながら、していない。

それ一つを取っても、我ながらダメ人間としか思えない。

ビーフカツサンドとコーヒーが運ばれてきた。

「これこれ」
いそいそと、コーヒーを一口。香ばしいコーヒーにまったりとしたクリーム、そして、ほのかな甘み。
「あ」
——なるほど。京都の旦那衆が好むのはこの味なのか。確かに、飲みやすくておいしいし、癖になるのがわかる。老舗の楽しさは、自分が知らなかった世界を垣間見られることでもあるよなあ。食の面からだけでも。
とはいえ、主役はやっぱり、ビーフカツサンドだ。
厚みがあるビーフカツは中心が赤い。四切れのサンドウィッチが並ぶ上に、厚みのある、一口大のベーコンがのっている。まずはそれを口に入れる。
——うわっ。何これ、おいしい。すごくちゃんと燻製されている。これだけでビールも飲めそうだ。
これはカツも期待できる、とカツサンドを頬張る。もちろん、裏切らないおいしさだ。肉が柔らかく、意外とソースがあっさりめ。これがまた、ちょうどよい。濃かったら、ビールにはよくても、コーヒーとは喧嘩したかもしれないし、これなら肉の旨味が感じられる。塩と胡椒がついてきているから、食べ進めるうちに少しかけてみたりする。
しかし、カツサンドが素晴らしいのは当然として、ベーコンの完璧さに感心してしまった。これが老舗の強さなのか。本当に、これだけで十分、一品になりそうなくらい。
——ああ、おいしいなあ。

サンドウィッチを食べたあと、しみじみとコーヒーを飲む幸せ。少し甘みのあるコーヒーがぴったりだ。

さあ、少し甘い物でも食べようかな。

メニューを思い浮かべ、ケーキの種類を考える。

――いや、ケーキにもひかれるが、せっかくだから別の店に行くか……。

東京駅近くにはまだまだ良いところがたくさんあるのだ。

店を出て八重洲から丸の内方面に、連絡通路を通って渡る。途中にも、喫茶店はもちろんのこと、カレー屋やら、スタンドの飲み屋やらいろいろあって、目移りしてしまう。

――東京駅、すっかり見違えちゃったな……。

その誘惑を振り切って、丸の内に出てから、駅に併設されているホテルの中に入った。

「いらっしゃいませ」

すぐにフロントの女性がにこやかに迎えてくれる。今日は千葉の友達の家に行くだけだから、とネルシャツにチノパンとずいぶんカジュアルな格好で来てしまったので、ちょっと気が引けた。

「あの……こちらに和菓子屋さんがやっているカフェがありますよね」

「二階になります。エレベーターまでご案内しましょう」

純一郎の服装なんか、まったく気にしてないですよ、という笑顔だった。

エレベーターで二階に上がると、吹き抜けから丸の内南口が真下に見えるようになっている。

目当ての店はすぐそこにあるのだが、改札口を見下ろせる作りがめずらしくて、つい、足を止めて見入ってしまう。帰宅ラッシュなのだろう、サラリーマンや中年女性、老年の男性などが駅に吸い込まれていく。物めずらしくて、思わず、写真や動画を撮ってしまった。

——そういえば、昔はこのホテルに、走っている電車が目の前に見えるバーがあったけど、あれ、今どうなっているんだろう。さすがに今はないのかな。

昔、純一郎が二十代の頃、上司に一度だけ連れて行ってもらった。カウンターだけの小さな店で、思っていた以上に簡素な作りだった。彼は仕事のあと、予定がない時は一人で来て、電車を見ながらさっと飲んで帰るのだと言った。あまり、会社内ではつるまない人だったが、ちゃんと役員まで行った。仕事ができる人だった。将来はあんな人になりたいと思っていたが……。

知らず知らずのうちに大きくため息をついていた。

——俺はいったい、何をやっているんだろう。

いや、自分の人生を考え始めたら、ドツボにはまりそうな気がする。とにかく、早く喫茶店に入って、甘い物でも食べよう。今の自分にはそれがお似合いだ。

ホテル自体は大型改装しているという報道を前に聞いたことがあったが、この店はいい意味で新しさを感じさせない。風格がある作りで天井が高く、重そうなカーテンがつるしてあった。

案内された二人掛けの席で、メニューを広げた。

さまざまな和菓子……色とりどりの練り菓子や、季節柄桜餅(さくらもち)もよいが、ここは。

——せっかくだから、あんみつ食べてみよう。あんこが格別だと聞いたことがある。それと……抹茶があるのか……それもいいけどな。でも、やっぱり、コーヒーかな。

さきほどとは打って変わって、女性店員、それも中年以上の女性が多い。これまた、甘味処という雰囲気があって、どこかほっとさせられる。

「あんみつとコーヒーください」
「あんみつには、五十円プラスで、白玉団子と花豆が付けられますが」
「花豆ってなんですか」
「大きな種類のインゲン豆の、紅花インゲン豆を二日がかりでゆっくり煮ております」
「あ、じゃ、それ両方ください」
「蜜は黒蜜と白蜜のどちらにしますか」
「黒蜜で」

しばらくして運ばれてきたあんみつの器は、なかなか大きい。半透明のかんてんだけでなく、黒や茶色のかんてんが混ぜられている。虎をかたどった赤いかんてんやもみじの葉のような緑のかんてんも。その上に、あんこはもちろん、豆、きんかんの甘露煮、白玉、花豆がのっている。白玉と花豆は追加したものだから、本来はシンプルなあんみつなのだろう。あんこはこしあんだった。

ゆっくりと黒蜜をかけて、まずはかんてんを一口。かんてんの風味というか、味がしっかりする。海の匂いがする、とまではさすがに行かないが、なかなかどうしてワイルドなかんてんだ。それが、これまた香りがしっかりした黒蜜と合う。

あんこも一緒に口に入れる。

日本で一番有名と言ってもいい、和菓子屋のあんこだ。舌先にねっとりと絡みつく。だけど口溶けはいい。

そこにコーヒーをすする。酸味は少なく、香ばしさが引き立つブレンドだ。いや、これが本当にあんこによく合う。

コーヒーのお供は、ケーキよりあんこなんじゃないか、と思うほど。あんこに合うブレンドを、考えているのだろうか。

嫌なことを思い出してしまった。会社員時代、ここの重い羊羹(ようかん)をたずさえて、取引先に謝りに行ったことが何回かある。確か提案書の予算数字を間違えたりしたのだった。

しかし、そんな苦い思い出も甘く包んでくれる、優しいあんこである。

次はきんかん。正直、ちょっと用心して口に含んだ。というのは、子供の頃、純一郎はきんかんが好きではなかった。庭先にきんかんの木があって、身体にいい、ビタミンCが豊富だから食べろ食べろと母によく勧められた。仕方なく食べたが、皮ごと食べれば妙に香りが強く、苦みがあって、種を嚙んでしまうとさらに嫌な味が口に広がって、どうしても好きになれなかった。今では嫌いというほどではないが、進んで食べることもない。

しかし、こうして上品な甘露煮にされると、どうして、コーヒーにも合う。

——悪くないな。庭のきんかんも今度煮てみるか。

白玉はあんこと一緒に食べると、そのままあんころ餅っぽくて嬉しい。なかなか嚙みごたえのある白玉で、好みが分かれるところかもしれないが、このくらいの固さがないと、餅本来の旨さ、米の旨味は感じられないのではないかと思った。なに、軟らかい餅なら、コンビニでも売っているのだから。花豆はやっぱり、二日かけてゆっくり煮ているだけあって、皮の口当たりがいい。

——こういうのが好きになってきているなあ。昔は華やかな練り切りが和菓子だと思っていたけど、甘露煮だとか、豆の甘煮だとかが和菓子の本質な気さえする。

春の夕方の店内は良い感じに薄暗い。やはり、和菓子の店だからか、客は老人が多い。そして、意外なくらい、女性より男性が多い。甘味処というのは、老紳士が入りやすい場所なのかもしれない。新橋の喫茶店も男性が多かったが、こちらはさらに年齢層が上がり、グレーの帽子をかぶった二人が「お久しぶりですね、お元気でしたか」などと言いながら、旧交を温めているのを見ると、ここだけ大正時代に戻ったような気さえする。

あの人も今ご存命だったら、同じくらいの年格好だろうかとまた思い出した。

羊羹を持って一緒に謝りに行ってくれたのが、バーに誘ってくれた上司だった。厳しい人で、平気で部下を怒鳴りつけたりもしたけれど、責任はちゃんと一緒に取ってくれる人だった。さらに上の役員の前でもひるまず、自分が関わったことでは味方になってくれた。だから、皆に慕われていたし、出世もしたのだった。

あの日も羊羹を買って、取引先で一緒に頭を下げてくれた。その日の退社後、このホテルのバーに来た。

謝りに行く前は目から火が出るほど怒られた。純一郎も、これはもう本社にいられないかもしれない、と青ざめたほどだった。だけど、終わったら一転、バーでは仕事の話はなく「時々、ここに一人で来るんだ」と教えてくれた。

いい人だったな、と思う。年賀状のやりとりだけはしていたけど、確か、十年近く前に「年賀状はもうやめます」というような内容の葉書が来て、それっきりになってしまった。

陰になり日向(ひなた)になり、支えてくれた人だった。純一郎が何度かしくじりはしたけど、なんとか会社員人生を送ってこられたのは、あの人のおかげだったと言っても過言ではない。

あんな会社員になりたい、と思っていた。部下を厳しく叱りはするが、最後までちゃんと面倒をみる、というような。だけど、自分が上に立つようになったら、それが簡単なことではないとすぐにわかった。だいたい、純一郎は自分の面倒すらみられない上司で、部下に助けてもらう方が多かったし……部下からは「松尾さん、好きなようにやらせてくれるから、やりやすいですよ」と褒めとも慰めともつかない言葉をかけてもらったが……。

そういえば、松井はなんで地方に異動したんだっけ？

今はそんなことはないが、昔、人事異動というのは露骨なもので、エリートコースの人はいつでも東京にいたし、それを外れると地方に飛ばされた。

松井が最初に地方に行ったのは四十代の半ばで、三人目の子供が小学校低学年くらいの頃だったか……？　あれだけ仕事ができるやつがどうして地方に、と少し社内がざわついた気がする。

それに、彼の三番目の子、長男の和敏（かずとし）君、今どうしているんだろう。確か、亜里砂と同い年だったはず。

就職活動してるの？　うちも同じなんだよ、何考えているのかよくわからなくてさ……というような会話をしたかったけど、なんとなく、話に出なかった。上の二人の娘については出たのに……。

こうして、薄暗い店の中で優しい味の甘味を食べ、コーヒーを飲んでいると、まるでカウンセリングを受けているかのように、いろいろなことが思い出される。

あの家で、うっすら覚えた違和感が……。

二人とも幸せそうだった。豆柴はかわいくて、生活は安定し、静かで温かかった。憧れのうらやましい生活だった。

それは確かだ。絶対、確かだ。

だけど、どうしてだろう。

自分は何回か、小さな違和感を覚えていた。

「これだけ海が近いとね、洗濯物が外には干せないの。全部、洗濯乾燥機。それだけが欠点だけど、その分、家事が楽になったから、むしろ問題ないわ」

「それはいい。そういえば、うちも亜希子が乾燥機が欲しいと言っていたなあ」

「あら、絶対、お勧めよ。歳を取ると、洗濯物を干すこと一つでもつらくなってくるから」

「亜里砂が家を出て亜希子と二人になったら、洗濯物も少なくなるから必要ないだろなんて言ってたんだけど」

あの時、自分たちの間にふっと流れた沈黙。あれは自分が亜希子や亜里砂と別居していることを知っていて、気を遣ってくれたものかと思っていたけど、違ったのだろうか。

「ここからは海も見えるのよ。二階からなら。すごくきれいで、しみじみ、ここに越してきてよかったなあ、って思えるの」

「うわー、うらやましい」

「朝、窓を開けるでしょ。そうすると、海の風がわーっと入ってくるの。潮の匂いが毎日違うのよ。冬は寒いけど、この時期くらいから秋までは本当に最高」

「毎日、旅行に来ているみたいなのかな」

「そうそう」

　あの時、松井が孝子をとがめるように見た。孝子はその視線を感じたのか、おびえたように二階を見上げ、黙ってしまった。

　松井が「そう持ち上げるなよ。冬の風の冷たさは、ここに来たことをちょっと後悔するくらいだから」とたしなめるように言った。

　あれは、謙遜（けんそん）しているのだろうと思っていたけど、いつも仲の良い夫婦にはめずらしいことだった。

　何より、孝子は最後まで二階に案内してくれようとはしなかった。

　そして、別れ際の松井の言葉。

「僕はお前がうらやましいよ……お前は本当に、何もわかってないんだなあ」

　松井にはすべて話している。喫茶店の失敗、亜希子が出て行ってしまったこと、再就職がうまくいっていないこと……。

　それなのに、何が「うらやましい」というのか。何が「わかってない」というのか。あんみつの最後の蜜を丁寧にスプーンですくい、コーヒーの残りを飲み干した。

　コーヒーは冷めて、ただ、苦みだけが舌に残った。

五月　朝十時のアメ横

亜希子に連絡しないとなあと思いながら、相変わらず、なかなか重い腰が上がらない松尾純一郎である。毎朝、「今日こそは亜希子にＬＩＮＥしよう」と考え、就寝前には「明日こそ、電話しよう」と決心しつつ、日々が過ぎていく。

そんな中、グループＬＩＮＥで明るい連絡が舞い込んだ。

——昨年、新緑の時期に谷中にオープンした「カフェドローフ」、今月で開店一年を迎えました。ひとえに皆様の温かいご支援のおかげです。今月は「ありがとう月間」としてこのＬＩＮＥ画面を見せてくださった方に、ドリンク一杯サービスさせていただきます。春のサンドイッチも各種取りそろえております。ぜひ、ご一緒にご賞味ください。

コメントの主は森田(もりた)さくら、三十二歳。純一郎が喫茶店を開く前、一ヶ月ほど通った「喫茶店開業教室」の同級生である。同級生と言っても、さくらはずいぶん若く、前職はファッションブランドのプレスをやっていた、というプロフィールの女性だった。

ドリンクサービスと言いながら、飲み物だけで帰るなよ、サンドイッチも一緒にお願いね、としっかりプッシュするところ、さすがにしっかりもののさくららしいと苦笑いしてしまった。

教室には、純一郎のような退職組や、お菓子作りが上手な中年女性、二十代OLなど、さまざまな世代の男女が通っていた。純一郎のように開業する前提で通う人もいれば、カルチャーセンターや習い事の代わりに通う人もいたが、概ね仲はよかった。講座の終わりには連絡用のLINEグループも作った。さくらの連絡はそこからだ。

彼女の店のオープンは純一郎たちより遅かった。開店準備にかなり時間をかけたらしい。外見はとてもおしゃれだったし、ラテアートなどを作る時の手先も器用だった。講師に対する質問も熱心で、貪欲に学んでいた。だから、教室の中で彼女が一番に開店するだろうと思われていた。

その後、二十人いた生徒の中で、現在も店を続けているのは彼女と、故郷に帰り、実家の古民家の一部を改装してコーヒー店をしている男の二人だけだった。

「やっぱり、女はいいよな」

「人気の一等地でやっていけるなんて、パトロンでもいるんじゃないか」

「なんの後ろ盾がなくたって、銀行も若い子には金を貸すだろう」

「あんないい場所を押さえられるなんてコネでもあるんじゃないか」

そんなやっかみが聞こえることもあったが、それがことごとく違っているのは、純一郎が一番よく知っていた。なぜなら、彼女とは個別のLINEでもつながっていて、時々、相談を受けたり話を聞いたりしていたからだ。

「ああ。松尾さんか」

その日の夜、お祝いの電話をかけると、彼女は寝起きのような低い声で言った。

「ご挨拶だな。電話に出る前からわかってただろうが」

「そうだけど……」

「一周年、おめでとう」

以前はもっと頻繁に連絡を取っていた。お互い、開店前は不安だらけだったし、都内の人気の街で開業するという共通点もあった。しかし、純一郎が店を潰した頃から連絡は間遠くなっていた。純一郎側には引け目があったし、さくらの方には遠慮もあったのだろう。店を訪れることさえしなかった。

純一郎からしたら、仲間が一周年を迎えるというのは素直に嬉しい。

「頑張ってるなあ。ぜひ、今度、寄らしていただくよ」

教室の同期の誰がどうしたとか、あの人は田舎に帰ったとか、そういう噂話を一通りしたあと電話を切ろうとすると、「やっぱりすぐに来てよ」と彼女が言った。

「え」

「どうせ、無職なんでしょ。明日にでも来てよ。話があるし」

無職にはぐさっと来たが、真実なので仕方なく「うん」と言ってしまった。

「じゃあ、明日の九時に来てください」

「九時？　早いなあ」

「開店前の仕込みしてるから、もっと早くてもいいですよ」

「店、何時からだっけ」

「十一時」

結局、翌日の九時きっかりに彼女の店の前にいた。

谷中で昔から駄菓子屋を営んでいた古い店を借りてリフォームしたらしい。木枠のガラス戸を上手に利用している。

言われていた通り、その戸を軽く叩くと、彼女が開店前の店を開けてくれた。

「おはよう」

「久しぶりですね」

さくらは白いシャツに黒のデニムに赤いエプロンをしていた。長い髪を後ろでポニーテールに結んでいて、とてもよく似合う。

「いい雰囲気だなあ」

年老いた家主は好きなように改装していい、と言ってくれたそうだ。

店の中のものをすべて取り払って、壁を漆喰（しっくい）で塗り、床をセメントで固めている。シンプルでおしゃれな内装だ。そこにアンティーク調のテーブルと椅子が並んでいた。

「今、コーヒー淹れるね」

「いや、申し訳ない。じゃあ……サンドイッチももらえる?」

気を遣って頼んだのだが、彼女は苦笑いしながら首を振った。

「まだ、準備ができてないのよ。いい、いい、そんな気を遣わないで」

「いや、本当に食べてみたかったんだよ」

二つ、コーヒーを淹れてくれて、向かい合ってテーブルについた。

「本当に久しぶり」

コーヒーメーカーで淹れたものだ。ミルクの泡がカップのふちまでいっぱいに盛り上がったカフェ・ラテだった。だけど、さくらが簡単なラテアートを施してくれていた。泡が花に見えるようになっている。

「ありがとう」

「いいえ」

お互いに、一口ずつ飲んだ。濃い牛乳の味が口いっぱいに広がる。乳脂肪分が高い牛乳を使っているのかもしれない。

「毎日、この時間なの？」

「最近はどうしてるの？」

二人の声が重なってしまった。

ちょっと笑って、さくらの方が答えた。

「だいたい、八時くらいから準備して、十一時に開店してます」

「そう。大変だね」

「まあ、好きなことだから、ぼちぼち続いていますよ」

もう一度、心を込めて言った。

「一周年おめでとう」

「ありがとうございます」

「さすが、我らが教室の優等生だね。本当にすごいよ」

「そう言ってくれるのは、松尾さんだけですよ」

「いや、皆、褒めてるよ」
しかし、彼女は苦笑いした。他の皆が、いろいろ噂しているのにも気がついているのだろう。忠告しているものもいるのかもしれない。
「ずっと一人で?」
「ええ。一人でやらなかったら、とても利益なんか出ないですよ」
「それは大変だ。お昼なんかどうしてるの?」
「なんとか、人がいない時に立ったまま食べるくらい。最初の頃はトイレもずっと我慢しちゃって、膀胱炎になっちゃった」
そんなこともあけすけに話す。一度、妻や娘の写真を見せた時、「ああ、だからか」と言われた。
「だからって?」
「なんか、松尾さんて話しやすいんですよ。お父さんみたいというか、女に慣れてる感じ。ああ、モテる男の女慣れという感じじゃなくて、家にたくさん女がいて、慣れている感じ?」
褒められているのか、けなされているのか、わからないようなことを言われたこともあったっけ。
「でも、やっと、少しなら人を使えそうになってきて。そろそろ、アルバイトくらい雇おうかと」
「よかったね、すごいじゃないか」
「で、お話なんですが」

「え」
「松尾さん、うちの店で働いてみません？　少しの間でもいいので」
「えええええー」
　そんなことを言われるとは思わなかった。
「だって、この店のイメージからすると……やっぱり、女性がいいんじゃないの？　近所の大学生とかさ」
　近くには有名な芸術大学もある。そういうおしゃれな学生の方がいいんじゃないか、とこちらもまた、気取らない言葉が出た。
「俺なんて、だめだめ」
「……実はそれも、ちょっとご相談があるんです。女一人でやってる弊害というか……悩みが最近あって」
「そうなの？　いい雰囲気だと思うけど」
「ええ」
　さくらは伏し目がちになった。少し、言葉を選んでいるようだった。
「休日は観光客も含め、結構、いろんな方が来てくれるけど、平日はやっぱり、このあたりの方が中心です。他にも喫茶店やカフェはたくさんありますけど、結構、ご近所の商店街の方やお住まいの方が来てくれるようになって」
　内容のせいか、純一郎が年上であることをやっと思い出してくれたのか、さくらの口調は改まってきた。

「いいじゃない」
「こういう場所だから、というか、今は日本全国そうですが、お年寄りが多いんです。ここは特に古い町ですし」
「だろうねえ」
「うちはモーニングはやってませんが、朝のひと仕事を終えたお年寄りが結構いらっしゃるんです。もちろん、とてもありがたいのですが、中にはちょっと……困った人もいて」
「困った人？　無銭飲食とか？」
さくらはぷっと吹き出した。
「それならいいんですけどね。警察に突き出せばいいんですから。そうじゃなくて」
「あ、もしかして……」
察しの悪い純一郎にも、やっとわかってきた。
「もしかして、セクハラみたいなこと？」
さくらは言いにくそうに唇を引き締めた。
「……逆に、それならそれでありがたいかもしれません」
「セクハラの方がありがたい？」
「いえ、セクハラとはっきりわかるようなことがあるなら、むしろましというか。文句を言って、店から追い出せるでしょ。困るのは、セクハラとははっきり言えないけど、なんとなく、だらだらと何時間もいるようなお客です」
「何時間いてもいいでしょ」

「そうですが、ほかのお客さんがいなくなるとずっと私に話しかけてきて、二人っきりでいなくてはいけない時もある。出て行けとも言えないし、うちはランチタイムの後、お休みを取るわけでもないから、ずっといらっしゃるんです。男性と二人きりなのがだんだん苦痛になってきて」

それこそ、セクハラじゃないかと思ったが黙っていた。

「同じような客が数人いて、今ではその方たちが来ると胃が痛くなるくらい」

「そりゃ、つらいだろう」

女性店主の、そういう話は聞いたことがないわけではなかった。

何か罪を犯すわけではないから、出禁にするわけにもいかないし、注意したら騒がれたり嫌がらせをされたりしそうで、とても困ると。

「誰か、少しの間でもいてくれればましになりそうでしょう。男性……できたらおじさんがいてくれたらありがたいんです」

「そういうわけだったか」

「もちろん、学生さんに……女子であれ、男子であれ、最終的には来てもらってもいいかなとは思っていますが、少しの間でも」

「まあねえ……ただ、今、俺の方もちょっと」

実は、前に友達の宮沢から紹介された会社……新橋の会社のことはもう諦めていたのだが、数日前に「松尾の就職がついに決まりそうだ」という連絡があったのだった。

事情を話すと、さくらはちょっとぽかんとした顔になった。

「そうなんだ……」

「悪いねえ」
「なんだ、松尾さんなら大丈夫かと思ってたのに」
「俺なら大丈夫って何？」
思わず、笑いながら尋ねた。
「松尾さんなら、そんな再就職の話なんてないかと思ってた」
どういう意味なんだ。
「もっと早く声をかければよかった。松尾さんに仕事を頼む人なんて、いると思わなかった」
負け惜しみとか、冗談で言っているならいいが、どうもさくらの口調は真剣で、本当に、純一郎に再就職先が見つかって驚いている様子である。
「いや、俺、そんなに、ダメそうに見える？　就職できなそうに？」
思わず、情けない声が出た。
さくらは小首をかしげてから言った。
「松尾さん、自分のこと、本当にわかってないのねえ」
「そうかい？」
「だって、私、最初から思っていたもの。松尾さんの店、うまくいくはずはないって」
え？　という問いは声にならなかった。
さくらの方も、言い過ぎたと思ったのか、自分で自分の言葉に驚いたような顔をしている。

――なんだか、変なことになったなあ。

店を出て首をかしげながらJRの駅に向かっている途中、お腹が空いていることに気がついた。本当は彼女の店でサンドイッチを食べようと思って、朝ご飯も食べずに家を出たのだった。

ちょっと気分を変えよう、とJRの路線図を見上げる。すぐ数駅で上野、アメ横の近くなのだ、と気がつく。山手線に乗り、上野で降りた。

勢いでここまで来てしまったけど、腕時計を見るとまだ十時すぎだ。目当ての店があるのだけど、開くまで少し間がある。

どこか適当な店に行ってみよう、とスマートフォンで検索する。このあたりには驚くほど、喫茶店、純喫茶と呼ばれる店があるのだった。どこも特色があって人気がある。地図を見ながらアメ横の方向に道を曲がると、パチンコ店に長蛇の列ができていた。

——皆さん、元気だなあ。

それに引き換え自分は、と情けない気持ちになる。

二十歳以上も年下の女性から、「再就職の話なんてない」「松尾さんの店、うまくいくはずはない」と思っていた、自分のことがわかってない、とまで言われ。

——情けない。

悲しくなってきたところで、古くからある喫茶店の前までやってきた。入口のところにカラー写真の入った立て看板があり、「モーニングメニュー」（八時〜十一時）が並んでいる。

トースト（普通焼）セット、トースト（厚焼）セット、ハムサンドセットがあり、それぞれ、ドリンク（珈琲・紅茶・ミルク）とボイルドエッグが付いている。

「いいですねえ」

思わず、独り言が漏れてしまう。若い女性にダメ男の烙印(らくいん)を押されても、こんがり焼けた厚切りトーストの色を見たら、すぐに機嫌を直してしまう純一郎なのである。

「いらっしゃいませ。お好きなお席にどうぞ」

広々とした店内に、大理石のテーブル、くすんだサンドベージュに淡いピンクの模様が入ったベルベット張りの椅子という、落ち着いた店内である。奥の方の二人掛けの席に座った。

すぐにメニューが運ばれてきた。

中を見ると、先ほど店頭で見た「モーニングメニュー」の他にも、通常のメニューがいろいろとある。

「すみません。こちらの普通のメニューもできるんですか?」

「はい。ランチセット以外は」

そうなると、いろいろ広がるなあ、と思う。

ネットの記事から知ったのだが、ナポリタンやミートソースも有名らしい。特に、ミートソースはマスターが「ぜひ食べてほしい」と勧めているほどの味だという。

――厚切りのトーストにはひかれるが、せっかくだからミートソースにしてみようかな。腹も十分減っていることだし。

ウェイトレスの女性を呼んで、「ミートソースとコーヒーを一つ」と注文した。そして、運ばれてきたスパゲッティを見て、なるほど、と思った。

こんもりと山盛りになっている。それがなんかちょっとかわいらしい。フォークで麺を巻く前に、ちょっとソースをどけてみる。なぜなら、麺からちらちらと薄切りのマッシュルーム、細切りのピーマン、そしてベーコンが見えていたからだ。たぶん、茹でたスパゲッティを軽く炒めてそれらを交ぜたのだろう。その上にミートソースがたっぷり。

——最初からミートソースに交ぜていないのがミソだな。色鮮やかだ。なかなか手間がかかっている。さすが名物になるだけはあるなあ。

やっと、ソースと麺を一緒にフォークで巻き、口まで運んだ。

優しいけれど、どこか深い味わいのミートソースだ。柔らかめの麺とぴったり合う。朝からでも、ぺろりと食べられてしまう。

白いコーヒーカップが運ばれてくる。ウェイトレスはカップをテーブルの上にセットすると、後からポットを持ってきて、コーヒーを注ぎ入れた。一手間だけど、丁寧に扱われているようでちょっと嬉しい。コーヒーはさっぱりした飲みやすいブレンドだった。

後から、老年に差し掛かりでっぷりと太った男性が入ってきて、一番奥の、厨房(ちゅうぼう)に近い席に陣取った。最初はスポーツ新聞を読んでいたが、しばらくすると、それが目当てのように、店のウェイトレスに話しかけた。このあたりの噂話らしい。店や会社の名前がぽんぽんと飛び出す。

「○○屋、並んでいたねえ」

「そうだったんですか?」

「テレビかなんかに出たのかねえ」

「どうでしょう」

きっと常連客なのだろうなあ、と微笑ましく見ていたが、それは純一郎がミートソーススパゲッティを食べ、コーヒーを飲み終えても続いていた。彼の声は少しずつ大きくなってなかなか途切れない。昼前になると客が増えてきて、彼女はそちらにも気を配らなければならないので、大変そうだった。

――ああいうことか。

ふっと、先ほど、さくらから聞いた話が浮かんだ。

この店は広く、他にも男性のウェイターと厨房にも人がいる。それでも、常連にずっと話しかけられたら答えないわけにはいかない。彼の方も悪気はないのかもしれない。でも、年配の男性はその風貌や大きな声だけで、どこか威圧感がある。

――あれを狭い店……他に人がいない店でやられたら、たまらないだろうなあ。俺も気をつけないと。

純一郎はスマホの画面を開いた。さくらにメッセージを送る。

――俺なんかでよかったら、少しの間なら手伝おうか。

既読は付かない。開店直前でそれどころではないのだろう。

――もしかしたら、一週間くらいしかできないかもしれないけど、それでよかったら。

そこまで書いた時、さくらから返信があった。

――ありがとうございます！　私もその間に、別の人を探すので。

――じゃあ、明日からでいいかな。

彼女からの返事は、犬が号泣しているようなイラストのスタンプだった。そして……。

――さっきはごめんなさい、ちょっと言い過ぎました。松尾さんが手伝えないって聞いて、がっかりしすぎちゃって。

こちらも、オーケーと親指を立てている犬のイラストのスタンプを送った。

スマホをしまうと、ランチタイムで混んできた店を後にした。

次の店……最初から目当てにしていた喫茶店には開店時間ほぼぴったりに着いたのに、すでに店内はいっぱいのようだった。きっと、開店のずっと前から並んでいた人がいたのだろう。純一郎は次の回だ。ゆっくり待つつもりで、店の前に立った。

ここはカウンターの五席しかない。主なメニューはコーヒーのホットとアイス、そして、数種類のケーキ。

なぜ、よく知っているかと言ったら、一度来たことがあるからだ。

何を隠そう、純一郎が「喫茶店をやりたい」と思ったきっかけの店だった。

最初はテレビ番組で紹介されているのを観た。

カウンターだけの小さな店で、自分がずっとこだわっている、本当においしいと信じるコーヒー豆を使って一杯一杯丁寧にコーヒーを淹れている店主は堂々としていた。そんな姿に感銘を受けたし、自分もあんなふうに生きたいと思った。

そう、最初は、喫茶店をやるとか独立するとかではなく、店主の姿勢や人生にひかれたのだった。

それから、密(ひそ)かにコーヒーの勉強を始めた。最初は本をいくつか読み、以前から好きだった喫茶店に改めて行ってみたりもした。

ほのかな憧れのような願いは少しずつ大きくリアルになっていった。会社の早期退職制度の発表によって、強く背中を押された。学校にも通い、企画書を書いて銀行に融資を申し込み、夢はどんどん現実に近づいていった。

いったい、いつからこんなことになったのだろう?

そう。最初は小さな望みだったのだ。この店のような。

それがいつしか、都内繁華街に大きな店を開くことになっていった。

やっぱり、まとまった退職金が入ってきたのは大きかったのかもしれない。これなら、もっともっと立派な店を、と考えるようになった。妻やその親に反対された反動もあった。カウンターだけの店じゃ、「こんなんで亜希子を食べさせられるの?」と言われるのが怖かったのだ。

開店がほとんど決まった時、一度だけこの店に来た。せっかくだから、夢の始まりになった店に来てみようと思ったのだ。一種の記念のようなものだった。

でも、本当のことを言うと、あまり強い印象はない。まず、座った席が入口近くの席で、店主から一番遠かった。店主は奥の方でコーヒーを淹れていて、手元など見ることができなかった。今日と同じで混んでもいたし、コーヒーを飲み、ケーキを食べて早々に店を出た。

そんなことを思い出していると、二人の若い女性が店から出てきた。

「ごちそうさまでした」

そう言いながら出てきた彼女たちの口元が緩んでいて、たとえ滞在時間が短くても、楽しいひと時だったことがわかる。

「どうぞ」

店主が小声で呼び入れてくれて、やっと中に入ることができた。並び始めてから四十分ほど経っていた。

幸い、今回の席はカウンターの一番奥で、店主から一番近い。カウンターの上に置いてあったスタンド型の小さな額縁に入ったメニューを取り上げてよく見る。

この店の代名詞にもなっている、「バターブレンドコーヒー」のホットとアイス、そして、ウインナーコーヒーのやはりホットとアイスなどが並ぶ。そして、ケーキは、ケーゼクーヘンという焼いたタイプのチーズケーキと、レアチーズケーキがある。

「ホットコーヒーとレアチーズケーキをください」

以前はケーゼクーヘンを食べた。

「カップは好きなものを選んでください」

店主がまたささやくような声で言った。

狭いカウンターの中の、店主の背中に棚があり、所狭しと個性的なコーヒーカップが並んでいる。どれも、名品だと一目でわかる、凝った作りの磁器ばかりだ。金彩を使ったものも多く、地味な店内で光り輝いていた。

「では……その真ん中の……黄緑のものをお願いします」

きらびやかなカップ&ソーサーはどこか面はゆくて、比較的地味なものを選んでしまった。

店主は慣れた手つきでカップをおろし、ソーサーのみを純一郎の前に置いた。近くで見て驚いた。それは黄緑色のハート型のソーサーでカップにも黄緑と薄紫のハートが並んでいる。離れたところからは幾何学模様のように見えたのに。

——できるだけ地味なものを選んだつもりだったのに……とんだカップを選んでしまった。

すでに選んでしまったのでは仕方ない。平然とその前に座っていたが、心の中は「顔真っ赤っか」という状況だった。
すると、店主が下の棚からカップ&ソーサーと同じ意匠の色違い、水色のコップ型の容器を出して、氷水を入れてくれた。
「フランスのソワジック（SOIZICK）です。コップも一緒です」
「ありがとうございます」
水を飲みながら待つ。
店主の手元には電気ケトルがある。スイッチを何度も押しているところを見ると、小まめに温度調節をしているらしい。残念ながらその温度は見えない。
彼はカップに無造作にドリッパーを置き、ペーパーフィルターをセットした。そこにメジャースプーンで一杯ほど挽（ひ）いたコーヒー豆を入れた。
――見ていなかったのだ……。
その時、気がついた。まるで雷に打たれるみたいに。
自分は見ていなかったのだ。あの時。前回来た時。店主がコーヒーを淹れる手つきがよく見えなかった、あまり印象はなかった、のではなくて、怖くて見られなかったのだ。入口近くの席で少し離れていたのをこれ幸いと、下を向いたまま見ないようにして、コーヒーもそそくさと飲んで、店をあとにした。
怯（おび）えていた。自分が最初に感銘を受け、夢の始まりになった店、あんな店をやりたいと思っていた。でも、気がついたら、あまりよく知らない街の知らない場所でそこそこ大きな店を出すことになってしまい、何かに気がつかされること、ふと我に返ることになるのが怖かった。だから、目を背けていた。

今、それはしない。というよりできなかった。あまりにも自分の真っ正面でコーヒーを淹れてもらって、目をそらすことができなかった。

そんな純一郎の思惑も知らず、店主は淡々とコーヒーを淹れていた。

まず、挽いた豆をほぐすようにドリッパーの三分の一くらいまで湯を注いだ。電気ケトルの口は細くない。電気ケトルでもコーヒー用の口の部分がかなり狭まったものも売り出されているのに、ごく普通のものを使っていた。それはまた、店主の揺るぎない自信のようなものを感じさせた。そんな小道具を使わなくても、最上のコーヒーを淹れられる、という。

最初の湯が落ちて、豆の真ん中のあたりがくぼんでくると、彼は今度はペーパーフィルター全体に回るほど湯をたっぷりと注ぎ込んだ。一度、湯を吸ってふくらんだ豆がゆったりとお湯に浸かって、気持ちが良さそうに見える。

コーヒーが落ちている時間を使って、店主は純一郎の前に、レアチーズケーキを出してくれた。ケーキの横に、小さなカップに入ったアイスクリームも添えられていた。

「こちら、鎌倉のチーズケーキでワンホール一万五千円です」

「え?」

何か聞き違いをしたのかと思って、驚いて聞き返してしまった。

「鎌倉の日本で一番高級なチーズケーキ屋さんのケーキと同じレシピで私が作ったものです。許可も受けています」

そういうことかと、ただうなずくだけで答えた。
「ケーキの横のアイスはハーゲンダッツの抹茶です」
「いただきます」
コーヒーが落ちていくのを見ながら、一口。これが濃厚でなめらかで、確かに、超高級チーズケーキの名にふさわしい。純一郎の人生の中でも、トップスリーに入るおいしいチーズケーキだった。
そうしているうちに、コーヒーは落ち続け、湯が二センチほど残るところまで来た。すると、店主はまた、湯を半分くらいまで注ぎ足し、それが落ちきらないうちに、ドリッパーをカップからはずした。
カップをソーサーの上に置いて、純一郎の真ん前にさらに出す。
「ありがとうございます」
チーズケーキが口の中でまったりと居座っているところにコーヒーを入れた。
「うまい」
バターブレンドコーヒーという変わった豆を使っている。焙煎した豆にバターを染み込ませてあるらしい。とはいえ、もちろん、淹れたコーヒーに油が浮いたりはしていないから、ごく少量なのだろう。香り高く香ばしい風味なのに、苦味がない。ミルクや砂糖を入れなくても十分だ。
店主のコーヒーの淹れ方は基本的なものだと思う。だけど、本当においしい。
自分はこれが怖かったのだろう。
何か現実を突きつけられることが。

コーヒーは五百五十円、ケーキはどれも五百円、セットで頼むと千円になる。この味、この香りが千円で味わえるなんて。

自分は何を勘違いしていたんだろう。

結局、自分の店にはコーヒーメーカーを導入した。カウンターとテーブルを合わせて三十席近くある店では、一杯一杯を淹れきれなかったからだ。大手のコーヒーメーカーだし、決して味は悪くなかったと思う。そのコーヒーを六百円で出し、「店主のこだわりドリップコーヒー」の名前で自分が手ずから淹れるコーヒーは八百円で提供した。

こだわりコーヒーの方は一日に一杯の注文もなかった。ほとんどの客は六百円のコーヒー一杯を注文し、何時間もしゃべるばかりだった。こだわりコーヒーどころか、コーヒーメーカーのコーヒーだって、出してすぐ飲む客はなく、何時間も経って冷たくなったものを口にしていた。

当時はそれがイライラの種だった。土日祝日は若者があふれる街だったが、そういう日に限って、席を独占して何時間も話していく。味がわからないやつら、風情を知らない客……心の中でそう罵倒している時もあった。

しかし、わかっていなかったのは、自分の方だった。

「すみません」

気がつくと、小さく手を上げていた。

「この豆を二百グラム、いただけますか」

「はい。挽きますか？　豆のまま……？」

「豆のまま、ください」

家に帰って、この豆で淹れてみようと思った。丁寧に自分で挽いて、この店主と同じやり方で。きっとうまくはいかないだろう。だけど、そのコーヒーを飲んだ時、自分にも何かがわかるかもしれない。その味に打ちのめされるだろう。だけど、今はそれが知りたい。

できたら、妻にも飲んでもらいたい、と純一郎は思った。

六月　正午の渋谷

　コーヒーを飲んでいるのに味がしない、という経験をしたのは初めてだ。

　松尾純一郎はそれでもただただコーヒーを飲み続ける。

　視線を感じて顔を上げたら、カウンター越しにウェイトレスと目が合った。はっとして、注文した。

「同じものを」

「はい」

　コーヒーは三杯目だ。

　まずいコーヒーを表す言葉で「泥水のよう」という表現があるが、もちろん、この店ではそんなわけはない。でも、味がしない。

　ことは三時間前に遡る。

――いいかげんにしなさいよ！

合法的なオレオレ詐欺もしくは、オレオレ詐欺まがいを働く本当の身内、純一郎の娘、亜里砂からＬＩＮＥのメッセージが届いたのが先週のことだった。

「ママに連絡してないでしょ！」

折り返し電話すると、いきなり怒鳴られた。

「あ。ああ」

文面から怒られることはある程度覚悟していたが、あまりにも激しい剣幕で怒られ、口ごもってしまった。

「何、考えてるのよ！」

「いやー、うん」

「ママ、お父さんからの連絡を待ってるんだよ！」

「そりゃ、知らなかった」

本当だろうか。あちらが出て行ったのに。

「知らなかった、じゃないよ」

「本当に？　待っているって言ってるの？」

「口には出さないけど、いろいろ話したいことがあるみたいよ」

そういうやりとりがあって、しかたなく、妻のＬＩＮＥアカウントを探す。

――元気？　最近、どうしてるの？

書いてすぐに消した。少しくだけすぎているかもしれない。

――最近、急に暑くなってきましたが、亜希子様におかれましては、お元気でお過ごしでしょうか。更年期のあなたにはこの暑さはおつらいと思います。どうぞご自愛ください。

いや、これ、ぶち切れられる可能性もあるな……。

――そろそろ梅雨に入りそうですが、お元気ですか？　亜里砂のこと、自分の再就職のことなどもあるので、一度会ってお話しできませんか。

単刀直入でシンプルな文章にした。

すると、一時間ほどして、わかりました、会いましょう、という返事が来た。

亜里砂からは「待っている」と聞いていたが、なんだか、その許可をあちらからうやうやしく「いただけた」ような気がした。

亜希子とは午後二時に渋谷で会うことになった。何か、そのあたりで買い物があるらしい。

渋谷に行くことはめったにないので、前から行きたいと思ってスマホにメモしていた喫茶店に寄ってから彼女と会うことにした。

東京で飲めるコーヒーの中で最高峰と言えるかもしれない。あの世界的チェーン、ブルーボトルコーヒーの創始者もその店とバリスタのファンだと言っているらしい。コーヒーの専門誌で読んだことがある。

正午少し前、一人で店に入ると、カウンターの席を勧められたので真ん中から一つ分だけ左寄りの席に座った。バリスタがコーヒーを淹れている様子が自然に見られる、ベストポジションである。

カウンターの上に置いてある、小型のメニューを手に取った。表に飲み物、裏にフードメニューが書いてあった。

——まずはやっぱり、ブレンドかなあ。店のコーヒーに対する姿勢がわかる気がするし。裏に返すと、自家製のシフォンケーキや、チーズケーキ、かぼちゃプリン、ビーフサンド、クロックムッシュなどもある。

何か食べようかとも思ったけれど、これから会う亜希子の様子もわからないので、とりあえず、ブレンドコーヒーだけを注文した。

カウンターの中の壁にはコーヒーカップがびっしりと並んでいる。

——純喫茶には珍しくないレイアウトだが、いったいいつ頃から、どこで始まったものなのだろうか。あまりにも一般的で考えたこともなかった。

コーヒーを待つ間、スマートフォンで検索した。思いつくままに「純喫茶　コーヒーカップ　並べる　いつから」などと単語を入れてみるが、お目当ての情報は出てこない。都内のお勧め純喫茶の情報などが上位に上がってきてしまう。

——うむ。これからの懸案事項だ。

そんなことをしているうちに、バリスタがコーヒーを淹れ始めた。順番的には自分のためのコーヒーかもしれない、と思う。緊張してきた。

まず、丸のままのコーヒー豆を銀色のカップに入れ、彼の後ろに置いてある大きなコーヒーミルにざっと空けた。スイッチを入れると「ジャッ」と大きいけれど短い、どこか心地よささえ感じる音がして、あっという間にそれが挽き終わったことがわかる。バリスタはその豆をまた同じカップで受け止め、フィルターをセットしたドリッパーに入れた。それを小型のガラスのサーバーの上に置き、ステンレスの口の細いケトルを軽く振るようにして湯を入れる。手首のスナップを利用してまんべんなく豆に湯がかけられた。

——なるほど……この湯の注ぎ方が秘伝なのかもしれない。

一連の動作をとても見たいのだが、一方であまり見つめるのもちょっと恥ずかしくて、ちら、ちらっと目を配る。とはいえ、東京の喫茶店のトップに位置する名店中の名店。あの超有名コーヒーチェーンの創始者が惚(ほ)れる店なのだし、自分のように凝視する客も多いだろう、と思い直して、また目をやる。

コーヒーが落ちる速度が普通より、ゆっくりな気がした。ドリッパーやフィルター、豆の挽き方に何か理由があるのだろうか。それとも、純一郎の気のせいだろうか。

バリスタはコーヒーが落ちている間、カップを用意したり、テーブルを拭いたり、他の店員と話したり、片時も休むことはない。

——淹れ方も素敵だけど、一つ一つの動作がすべて美しい。

コーヒーカップが用意され、できあがったコーヒーが無言で純一郎の前に置かれる。

「いただきます」

小さくつぶやいて、コーヒーを一口すすった。

酸味はほとんどない。強いて言えば苦み系だが、それもそれほどでなく、飲みやすい。

——ああ、おいしいなあ。このコーヒーを毎朝飲みたいなあ。ちょっと苦くて飲みやすくて、きっと飽きの来ない味だ。

カップ&ソーサーは白地の磁器に青と金の縁取りがしてあり、ピンクとオレンジの細かい花の柄が散っている。形は底があまり絞られておらず、マグカップを小さくしたような形だ。

カウンターには純一郎と同じ年頃の女性がいて、本を読みながらコーヒーを飲んでいる。その隣にはヒップホップ系のような服装の若い男性がいて、静かにコーヒーを飲んで何か考え事をしている。皆、この店が好きなのだ、という気持ちが伝わってくる。

今頃、亜希子はデパートで買い物でもしているんだろうか、とふと考える。

昔から買い物が好きな女だった。いや、デパートが好き、なのかもしれない。

「私、結婚したら月に一度、五万円もらってデパートで一日好きなように過ごさせて欲しい。それさえできたら、あとは何も言わない。真面目（まじめ）に主婦として何も文句言わずに働くから」

まだ入社したばかりの頃、会社の飲み会で真顔でそんなことを言って、若い男性社員たちがわっと沸いたことがあった。

「その程度で不満なく働いてくれるなら、ありがたいよ」

すぐ、そう返している男もいた。そういう言葉が普通に許される時代だった。

気が強く、（当時は）かわいかった亜希子のような女のためなら、むしろ、お安い……そんな雰囲気だったのだ。

少し離れたところから見ていた純一郎は、あんな子と結婚した旦那は大変だろうなあ、と内心あきれていたけど、自分がその旦那になるとは夢にも思っていなかった。その時は既婚者だったし。

実際、結婚してすぐの頃、亜希子は仕事をやめ、月一で五万を握ってデパートで買い物をしていた。子供ができてからは、給料はそのまま亜希子に預けていたから好きなように使えていたはずだ。

——あの約束、結局、どうなったんだろう。気がついたらなくなっていた。

亜里砂が赤ん坊の頃は、純一郎が預かり、デパートに行っていたこともある。時には忙しすぎて、「出かけるくらいなら、一日寝ていたい」と家で寝ていたこともあった。亜里砂が大きくなってからはもう、そんなことは言わなくなったけど……。

——いや、もう、逆に五万どころではないくらい使っていたこともあっただろうなあ。

その、月一デパート妻である亜希子と、これから会うのだ。

待ち合わせは、デパートの前だった。渋谷の駅前の、濃いブルーがポイントになっている建物だ。

しかし、時間になっても亜希子は来ない。

ぼんやり立っていると、スマートフォンが鳴った。

「もしもし?」

「五階に上がってきて。カレーが食べたくなったの」

名前を尋ねて、上階に上がって行く。

店の前に立って、ちょっと微笑んでしまった。亜希子が昔から好きな店だったからだ。結婚してすぐにも何度か一緒に行ったし、家族でも来た。チョコレートケーキも有名で、デパートの地下などにそれだけ独立した店も入っていた。接待などが続いて、妻や娘の機嫌が悪くなってきた時も、ここのケーキを買って帰れば笑顔になる。そんな思い出の店だった。

——あいつ、ほんと、この店好きだよな。

久しぶりに心の中で妻を「あいつ」呼ばわりしていた。

白を基調にした、すっきりしたインテリアの店内に入っていくと、店の一番奥の席に妻が座っていた。目が一瞬合っただけで彼女はすぐに下を向いた。手を振ったり、合図をしたりもしてくれない。純一郎がこちらを認識したのだからもういいだろう、と言わんばかりだった。

テーブルに近づくと、彼女の前にはカレーがあった。サラダにヴィシソワーズまでついたセットを頼んでいるようだ。そして、カレーは（たぶん）一番高いビーフカレー。

「久しぶり」と言いながら向かいに座る。彼女はサラダもスープも平らげ、カレーの最後の一口を口に入れているところだった。

「ええ」

仏頂面でうなずく。すると、それを見計らったように、ウェイトレスが彼女にコーヒーを運んできた。

純一郎は朝ご飯を食べたきりだ。一緒に食事することになるかもしれないと思っていたから。

ウェイトレスは亜希子の前にコーヒーを置いたあと、メニューを純一郎に渡そうとした。その時……、「もう、出るから」と彼女がぴしり、と言った。

「え」

思わず、純一郎の方が声をあげた。

「もう出るから、飲み物だけにして」

空きっ腹でカレーのいい匂いを嗅ぎながら、飲み物だけとは……つらい。しかし、何も言い返せなかった。
「よろしいですか」
ウェイトレスが確認するように純一郎に尋ねた。
「……じゃあ、コーヒーで」
純一郎がつぶやくと、ウェイトレスは軽く礼をして、奥に戻っていった。
その姿が見えなくなっても、彼女は何も言わなかった。
「久しぶり」
しかたなく、もう一度言った。
「ええ」
彼女はまた短く返事をした。
「元気だった?」
「ええ」
「亜里砂も?」
「連絡してるんでしょう?」
「ああ、まあ」
じゃあ、わかってるじゃない、と言いたげな表情で彼女は答えない。
「最近、急に蒸し出したね」
「ええ」
ふと気がついたのだが、妻はテーブルの上に鮮やかなブルーのバッグを置いていた。これが彼女の不思議な癖で、外で飲食店に入った時、それを食べ物の横に置くのである。テーブルが狭くなるし少し不潔な気もするので、純一郎が「下げろよ」とか、「椅子の上に置けよ」と注意すれば素直に下げる。本人にも特に理由はないらしく、純粋に癖らしい。

とにかく、その時も彼女はそれをしていた。一年ほど前、彼女の誕生日に買ってやった、ブランドもののバッグだった。

純一郎はなんだか急に腹が立ってきた。

こちらが呼び出したとは言え、急に家を出て、娘の部屋に転がり込んでいるのは彼女の方だ。何かこちらに非があるのならはっきり言ってくれたらいいし、それを解消できないということならさらに話し合いを重ねてくれればいい。ただ、黙って出て行っただけで、なんでここまで下手に出なければならないのか。そして、なんでこんなに威張られて、不機嫌をぶつけられなければならないのか。

バッグだって、服だって、彼女の言う通りに買ってやったのに。あと、バッグをテーブルの上にのせるの、本当にやめてほしい。汚い。

彼女のこの癖が自分は本当に大嫌いだったんだと初めて気がついた。

「……いつまで、亜里砂のところにいるんだ」

いろいろまとまった憤りがやっと語調に混ざり、低いがいらいらした声になった。

すると、亜希子はようやく顔を上げた。きょろりとした目がこちらを見る。

その目の光が強く、そして、冷たくて、純一郎は言い過ぎたか、とドキリとした。

「いや、別にいいけど。好きなようにして」

慌てて、取りなすように言葉を重ねた。

「ただ、これからどうするのか、と思って。君があそこにいたいならそれでもいいし、とはいえ、まあ、なんで行ってしまったのかは聞きたいけど」

そう言っているうちに、はっと気がつく。

自分にはなんにも落ち度がないかのように振る舞ってしまったけど、あった。彼女の反対を押して喫茶店を開店し、そして、潰したんだった。

なので、最後の方はどんどん声が小さくなった。

「まあ、どっちでもいいけど」

「……私、仕事が決まったのよね」

「え」

「仕事。昔の友達が自宅で服飾の通販の会社をしてて、手伝って欲しいって言われてる。中高年の女性向けの洋服とバッグなんかが中心で、大手通販会社にショップを持っていて結構売れてるの。私もわりとそういうの好きだから、毎日楽しいわ。今はアルバイト程度だけど、しばらくしたら社員にもなれそう」

「ふーん」

確かに、亜希子は昔からおしゃれで、買い物が好きだ。うってつけの仕事かもしれない。

「五十過ぎると、人って自分に似合う服ってわからなくなるのよ。どんなものを選んだらいいのかさえわからない人がいる。友達は前からそういう人に向けて、ブログやインスタグラムをやってて、結構、人気もあったの。出版社から本を出さないかって、オファーもあるくらい。通販会社から声がかかって服や小物のデザインに関わるようになって、自分のブランドも立ち上げたの」
「なるほどなあ」
「亜里砂もすごく喜んで、応援してくれてる」
「いいじゃないか」
「だからさ」
亜希子はずっと伏し目がちで話していたが、やっと顔を上げた。
「だから、そろそろもういいんじゃないかって思うの」
「何が？」
「結婚……私たちの結婚。もう、亜里砂も成長したし、そろそろお互いに自分の人生を考えた方がいいと思うの」
驚いて声も出ない。
「私、よくやったと思うよ。亜里砂もちゃんと育てたし、あなたの両親の面倒もみた。もう、できることはやったと思うの」
彼女が何を言いたいのかわからない、だけど、いい方向に進んでいないことはわかる。
「何よ、あなた不満でもあるの？　私のこれまでの主婦としての働きに。私が義務を果たしてないとでも？」
亜希子の声がとがる。
「いや、そんなこと、ないよ。一言も言ってない」

亜希子がため息をついた。

「じゃあ、認めてくれるでしょ？　離婚。じゃなきゃ卒婚って言うのかしら。いい言葉よね。実際、どうしてもいやで嫌いで別れると言うより、もう卒業したいの。妻という役割や人生から」

そして、亜希子は一言一言嚙みしめるように言った。

「私、頑張って、きたし」

「そんなこと急に言われても」

「そう？　あなたもわかってくれているかと思ってた」

「いや。驚いたよ」

「あなたって本当に何もわかってないのね」

亜希子は続けて、離婚後の生活設計をとうとうと説明していたが、純一郎の耳には何も入ってこなかった。

気がつくと、自分の前には誰も座っていなかった。亜希子は帰ってしまったらしい。一人ぽつんと席に残されていた。

目の前にはコーヒーカップが一つ。白いカップに口紅の跡はついていない。なぜなら、亜希子は必ずそれを指先で拭うからだ。コーヒーだけではない、酒もジュースもお茶も。何か飲み物を飲むと、少し神経質なくらい、グラスやカップの口元を小まめに拭う。

若い頃はそれが、彼女の几帳面さや育ちの良さにも通じるような気がして好ましかったけれど……。

——今となっては夢のようだな。ここに彼女がいたのも、結婚していたのも夢なのかな。
なんの印もない、真っ白なカップを見ながら思う。
勘定を払って外に出た。
ふと、亜希子はこういう場所で金を払ったことが一度もない、と思った。結婚前のデート中でも勘定はすべて純一郎が払ってきたし、結婚後も妻子と食事をする時は多くもないお小遣いから純一郎が払ってきた。そして、今も……。
今まで気にも留めなかったし、そういうものだと思っていたけど、現在、純一郎はほとんど無職で、妻は働いているらしいから、いろいろ逆じゃないのか。
まあ、別にいいけど、と力なく考える。
このまま副都心線に乗って帰ろうか、と思った。けれど、あまりにも衝撃的過ぎた。
——この気持ちのまま、家に帰ったらとても耐えられない。
上を見上げると、雑居ビルに入るさまざまなチェーン系居酒屋の看板が見えた。
——少し飲んでいくか。
腕時計を見ると、まだ午後三時前だ。妻との話は一時間もかからなかった。
——開いている店もないわけではないだろうが……、ビルのエレベーターに乗って一軒一軒探していくのもつらい。
ポケットの中のスマホを出して検索することさえ今はきつい。それに酒を飲んだら変な酔い方をしてしまいそうだった。
足はふらふらと動き、もう、何を探すのもつらい、と思った時、また先ほどと同じ店に来てしまった。

「いらっしゃいませ」

あたりまえだけど、どこか薄暗い店内はさっきとまったく変わらない。変わったのは、テーブル席がほぼ客で埋まっていたことだ。

まるで先ほどのリプレイのように、カウンター席を勧められる。崩れ落ちるように、一番端……入口から一番近い席に座った。脇に大きな花がある。本来ならちょっと邪魔に感じるかもしれないが、自分の身を隠してくれるようで、少し気が楽になった。

「コーヒーをください」

メニューも見ずに頼んだ。

「ブレンドでよろしいですか」

選ぶ気力もなかったが、そこでやっとメニューを取り上げ、目についたものを頼んでいた。

「じゃあ、キリマンジェロで」

それから、ずっと飲んでいる。すでに三杯目だ。

酒場なら、マスターから「そろそろおやめになった方がいいですよ」「この一杯で最後にしましょう」とか、優しく声をかけられそうな時間だろう。コーヒーなら翌日、少し胃が痛くなるくらいで済むのがいいところだ。

時計を見ると、すでに二時間近くそこに座っていたことになっていた。

「何か、食べてみようかな」

気がつくと小さく口に出していた。出さないと耐えられなかった。

スタンド式のメニューがさっと出てきた。バリスタに純一郎の声が聞こえたらしい。
「ビーフサンドというのは……どういう感じですか」
「イギリス風の山型食パンにローストビーフと野菜がはさまっています」
「じゃあ、それください」
ほどなくして、白地に墨絵のようなイラストが描かれた皿に、サンドイッチがのってきた。一・五センチほどの厚みの山型食パンが二枚合わさって、斜めに切られて盛られている。横に、ピクルスが二つ。正直、ほとんど食欲もないのに手に取った。ずっしりと重い。切り口を見ると、薄いローストビーフが重なっていて、レタスとオレンジ色のものがはさまっている。
はむっ、と大口で頬張った。ローストビーフの確かな存在感、そして、オレンジ色のものは嚙みしめると、千切りの人参が入ったドレッシングだった。その酸味がほどよい。ローストビーフによく合うし、食欲がぐんとわいてきた。
――こんな時なのに、食欲をわかせてくれるサンドイッチ、すごいな。
コーヒーをごくりと飲むと、やっと味覚が戻ってきたのを感じる。苦みに、ほどよい酸味。これがキリマンジェロだ。
はあ、とため息が自然に出た。亜希子と会ってから、初めて出たため息で、それと一緒に、ほんの少しだが心が軽くなった。やっとため息が出てくるまでに回復できたのかもしれない。
もりもりと、とまではいかなかったが、静かにサンドイッチを食べ終えた。
すると、それに刺激されたようにさらに食欲がわいてきた。
――せっかく、日本で最高、いや、世界で最高かもしれないコーヒーを飲んでいるんだもの、甘い物でも合わせてみようか。
そうだ。この食べ物も、飲み物も、皆、人が大切に一つずつ作り上げてくれたものだ。それをちゃんと味わわなくては失礼に当たる。
純一郎は近くにいたウェイトレスの女性に軽く手を上げて合図した。
「シフォンケーキください」
「はい。味は何にしますか」
メープル、抹茶、黒糖、紅茶、シナモン、オレンジ、バナナ……種類は多い。どれもおいしそうだ。メープルというのが最初に書いてあるから、いわゆる基本の味なのかもしれない。この店の「抹茶」というのも気になるが……。
「じゃあ、紅茶のシフォンケーキを」
彼女は軽くお辞儀をして下がった。
注文してから気がついた。コーヒーを飲んでいるのに、紅茶の味のケーキってよかったのか。味が喧嘩しないか。
――まあ、いいか。好きなものを食べよう。
運ばれてきたのは、濃い焦げ茶色のスポンジに白いホイップクリームをまとったシフォンケーキだ。フォークで切り分けて口に運ぶ。
――うん、これまた最高だ。
シフォンケーキは口当たりはふわふわだけど、口に入れるとしっとりしていて、なかなか食べ応えがある。それに生クリームがよく合う。たぶん、脂肪分の高い、本物の生クリームだ。甘すぎず、シフォンケーキを包み込んでくれる。

――おいしい。そして、これにコーヒーがよく合うこと。

純一郎はまた大きくため息をついた。

「私、よくやったと思うよ。亜里砂もちゃんと育てたし、あなたの両親の面倒もみた。もう、できることはやったと思うの」

亜希子の声がリフレインした。

――そうだな、よくやってくれたよ。

浪費家だし、ブランド大好きだし、デパートで買い物することに命をかけていて、クリームシチューとカレーばかり作って、気が強くて、時々、ヒステリーを起こすけど……でも純一郎の好きなものを探してきてくれたり、身の回りのこと、服装や持ち物には気を配ってくれたりしていた。だから純一郎はおしゃれだとよく褒められた。掃除だけは好きで家の中はいつもきれいだった。トイレットペーパーはなくなる前に早めに入れ替えてくれたし、何より、亜里砂は合法的なオレオレ詐欺娘だけど、それ以外は素直に育ってくれた。

こうして考えると嫌なところはあっても、いいところばかりがクローズアップされる。

何よりも。

純一郎が離婚し、亜希子と再婚した時、純一郎の父親は何も言わなかったけど、母親はあまり納得していなかった。純一郎が、亜希子が悪いわけではないと説明してもダメだった。母親は亜希子にずっとよそよそしかった。慣れてきたのは亜里砂が生まれ、二歳になって「じいじ」「ばあば」と話せるようになってからだった。その母も、最後には亜希子に感謝していた。

——それに俺、ダメ人間だったし、退職金も半分以上溶かしたのに、自由にさせてくれたしなあ。

しかし、よくやってくれたからこそ、今、別れるのがつらい。

彼女とずっと一生生きていくのかと思っていた。

シフォンケーキの最後の一口を食べ、コーヒーをごくりと飲む。

話し合おう。

今、すぐ結論を出すのは早い。俺はとかく諦めが早く、自分の人生のことはずいぶん諦めてきたけど。

これだけはちゃんと、納得がいくまで考えよう、と思った。

七月　夕方の谷中

松尾純一郎がさくらの店で働き始めて、数週間が経った。

店内での服装は、彼女と話し合って、白のシャツ、黒のスラックス、赤いエプロンということに決まった。

あまり大きな声では言えないが、黒のスラックスは喪服用のを引っ張り出してきた。もともと、スーツを作った時にズボンが二本ついてきたので、そのまだ穿(は)いていなかった方を使う。まあ、他の人にはわからないだろう。

その出(い)で立(た)ちでトレイを片手に店に立つと、なぜか、さくらは爆笑して「いいじゃない。店に落ち着きが出たわ」と言った。

「……いいかい？」

純一郎がおそるおそる尋ねると、さらに彼女は笑った。

「パリのカフェテリアのギャルソンみたい」

「そりゃ言い過ぎだよ」

確かに、パリでこういうサービスを担当するのは男性の方が多いくらいだが。

しかし、ここは日本。初日に十一時から早めのランチタイムが始まると、次々近所の常連たちや同じ商店街の店主たちがやってきて、純一郎をぎょっとしたように見上げることが続いた。

「いらっしゃいませ」

そう呼びかけているのに、こちらには一瞥（いちべつ）もせず、「ママー、いつもの」とカウンターの中のさくらに叫んだり、何も言わず、じろじろと見つめたり。どうやら純一郎は「カフェドローフ」の目障りな異物らしい。

そのたびにさくらはフロアに出てきて、「こちら、松尾さん、今日からお手伝いしてもらうことになりました」とにこやかに説明した。

昼時になると近所の会社で働く人や、観光客らしい女性の二人組なども来て、最初ほどの違和感はなくなった。さくらが手際よく作ったサンドイッチが中心のフードやドリンクを、純一郎は運ぶことだけでてんてこ舞い。客たちの視線を気にしている暇もなくなった、ということもある。

彼女はこれを一人で回していたのかと思うと、それだけで頭が下がった。

メニューは、ボリュームのあるクラブハウスサンドイッチに、分厚い玉子焼きをはさんだタマゴサンド、そして、喫茶店の定番のナポリタンやミートソースも出す。春の期間限定サンドイッチとしては玉子焼きに桜エビや釜揚げしらすを混ぜ込んだものが提供されていた。

簡単なコーヒーや紅茶は純一郎が用意して、クリームソーダやフロート類、アイスココアなどはさくらが作る。

純一郎も自分の店を切り盛りしていたことが一時でもあるとはいえ、アルバイトの初日はやはりきつかった。

それでも、二時を過ぎて、ランチ客が一通り終わり、近所の常連らしい客がコーヒーだけを飲みに来たり、店内の新聞を読み始めたりする時間になると、やっと一息つけた。

「松尾さん、お昼食べますか」

さくらがひかえめな声でそう言い、純一郎が小さくうなずいたその時だった。

「……その人、ママのパトロンか何かかい」

カウンターでナポリタンを注文した男だった。食後、ホットコーヒーを飲みながら爪楊枝で歯をしーしー言わせていたが、それを二つに折ってソーサーに置きながら尋ねた。

「え」

純一郎はぎょっとして振り返った。

「ずいぶん、親しそうじゃないの。ただのアルバイトに見えないけど」

彼がそうダミ声で言うと、店の中にいた、他の常連や商店街の人たちが一斉に笑った。

「とんでもない、さっき言いませんでしたっけ？　松尾さんは喫茶の学校の同級生なんですよ」

さくらは明るく返した。

「同級生？　ずいぶん、老けてるね」

よく見ると、男は純一郎より十は上に見える。体重は十キロぐらい上で、背は十センチくらい低い。髪がかなり薄くなっており、てっぺんはすだれ状だ。

この男に「老けている」とは言われたくない、と思いながら、彼とこの店の関係が計りきれないまま、口出しするのもいかがなものかと、内心あたふたしながら、二人のやりとりを見ていた。

「喫茶店を開業するための勉強をする教室に行ったんですよ。そこで知り合った人だから、こういう仕事にも慣れているし、お願いして来てもらったの。最近、あんまりにも忙しくて。一人じゃ回せないので」

「ふーん。いや、ここなら、もっと若い子や芸大の学生なんかの方がいいんじゃないの」

男はなおも言いつのる。絡むような口調は気になるものの、正当な意見だ。純一郎もそう思う。

「松尾さんも喫茶店をやってたのよ。即戦力なの」

「喫茶店をやってた？　おおかた、退職金で喫茶店を始めて、さっさと潰したくちだろ」

まあ、その通りだから仕方ないけど、客商売と言っても、こんな暴言をどこまで我慢しなければならないのか。さくらの店だから我慢するしかない。

「……トクさん、まあ、いいじゃないの。ママが忙しすぎて心配だって、トクさんも言ってたじゃない」

そこで、カウンターの反対側の端に座っていた、若い男が口をはさんだ。彼もまた、商店街の一員なんだろうか。白いシャツにネクタイはなく、キャップをかぶっていた。

「いや、こんなに年上の男が働いてたら、皆、入りにくくなっちゃうかと思って。それに、パトロンだったら……」

「パトロンが店を手伝うわけないでしょ」

さくらがからからと笑う。

「そんなお金持ちが、どうしてこんなしけた店手伝うの」

「パトロンなわけ、ありません」

純一郎はやっと口を出せた。
「私は無職ですから」
純一郎が言うと、常連たちは一瞬黙ったあと、どっと笑った。その笑いでなんとか受け入れてもらえた気がした。

その日は十九時に閉店し、後片付けをしながら、今後のアルバイトについて話し合った。
「やっぱり、学生アルバイトを募集した方がいいよ」
店内の掃除をしながら、提案したのは純一郎の方だった。
「え」
洗い物をしているさくらにはよく聞こえなかったらしい。
「アルバイト」
「松尾さん、あんなこと、気にしてるの？」
さくらは水を止めて笑った。あんなこと、というのはきっと常連たちにからかわれたことだろう。
「いや、パトロン説はともかく、俺もここにずっといられるわけじゃないし。早めに募集しよう。仕事を覚えてもらうのに、しばらくかかるしね」
「そうねえ」
さくらはまた、激しく水音を立てながら皿を洗い始めた。
「……なんか、ためらう理由あるの？」

彼女は黙っている。
純一郎はカウンターに近づき、椅子を上に上げて、その下をはきながらもう一度尋ねた。
「学生のアルバイトを募集するの、嫌なの？」
「……嫌というほどじゃないんだけど」
「うん」
「まだ、どういう人に来てもらいたいのか、イメージできてないのよね」
「なるほど」
さくらは皿の水を切りながら言った。この店では食洗機を使っていないが、彼女は使いたいとも思っていないらしい。グラスを、目をこらしながら磨いているから、かなり細かい仕事ぶりで食洗機では満足できないということもわかる。
「うちの規模だったら、たぶん、頼めて最初は一人だと思うの。二人以上お願いするなら、タイプの違う人をそれぞれ雇えるけど、それは無理」
「まあねえ」
「だいたい、女の子がいいのか、男の子がいいのか、それもまだわかってない」
「一人なら……やっぱり、とりあえず、女の子じゃない？　店の雰囲気にも合うと思うよ」
「でも、防犯のため、というほどでもないけど、なめられないようにするためには男の子がいいような」
「確かになあ」
「でしょ。でもとりあえず、女性ということにしたところで、どんな人がいいのか……簡単に学生のバイトと今は話してるけど、雰囲気が合う人なら、フリーターや主婦でもいいのか」
「もちろん、それでもいいね」
「そんなことを考え始めると、なかなかむずかしくて」
「とはいえ、とにかく、募集して会ってみないことにはわからないよ」
「松尾さんはどうしたの？　自分のお店でアルバイトを頼んでたでしょ」
「ああ」
前に雇っていた、斗真のことを思い出す。
「男の子、女の子？」
「男の子、二人来てもらってた。一人は学生で一人はフリーターだった」
斗真のほかに、カフェの経験がある人に来てもらっていたのだが、彼は純一郎より経験があることを鼻にかけているところが少しあって、使いづらかった。
「その人、どうやって探したの？」
「オープニングスタッフということで、情報誌に載せてもらったんだ。うちの店は広かったし、最初から絶対に誰か必要だったからね」
「それ、結構、お金もかかるわよね」
「うん。店を改装している時に、工務店の人に相談したら代理店を紹介してくれて」
「松尾さん、ほんと、度胸あるよね。あんないい場所で、いきなり、人も二人使って、お金を使って募集広告まで出したんでしょ」
褒められているのか、けなされているのかわからないから黙っていた。

「どうしたらいいのかなあ」
「一人くらいなら、そこまでする必要ないよ。店の前に張り紙でも貼って」
「そうね。だけど、応募してくれる人はきっとこの近くの人ばかりでしょ。でも、雇えるのは一人。お断りしたりしたら、遺恨を残しそうで」
　さくらにしては歯切れが悪かった。後先のことばかり考えていて話が前に進まない。
　とはいえ、純一郎がここにいられるのがいつまでかもわからない。
「とにかく、募集の張り紙をして様子を見ようよ。どんな人が来てくれるかもわからないし、ぜんぜん応募がないかもしれない。会ってみているうちに、誰がいいのかわかってくると思うよ」
「そうねえ」
　なんとなく、まだ納得していない様子のさくらに、募集要項を作ることを約束させて、その日は帰った。

　さくらの店で働き始め、お互い、調子がつかめてきている。店は十一時開店で十九時までだが、ランチタイムを過ぎ、十六時頃になるとめっきり客足が途絶えることもわかった。
「商店主さんは夕飯のお買い物のお客さんの相手があるし、居酒屋やレストランをしている人は自分の店の仕込みがあるしね……」
　さくらは純一郎にそう説明した。
「……じゃあ、そろそろ上がってもいいかなあ」
　純一郎は店内を見回しながら尋ねた。今来ているのは、近所の大学生と思われる、男女の二人組。閉店まで、あと二時間ほどだ。もう、変な客が来てもさくら一人で捌（さば）けるだろう。

「いいけど……いいの？」

そろそろ立ち仕事の疲れも出てきたし、これからほとんど客がいない中でアルバイト料を払わせるのも気が引ける。

「もちろん。今日はもうそんなに人は来ないみたいだし……久しぶりだし、連日の立ち仕事でちょっと疲れもあるし」

「わざわざ来てもらっているのに、悪いわね」

「ううん。むしろ、申し訳ない。少し、ゆっくりするよ」と言って店を出た。

振り返ると、店の引き戸のところにアルバイトの募集要項が貼ってあるのが見えた。それははがき一枚ほどの大きさで、少し小さすぎるのではないかと言ったが、さくらはそれ以上大きいと店の雰囲気を損ねると言って譲らなかった。

さて、どこに行こう……と歩きながら考える。

同じ商店街の中にももちろん、いい喫茶店はあるが……万が一、自分のメンが割れていたり、常連の誰かに会ったりしたら面倒くさい。

少し離れた根津駅に向かって歩いて行くことにした。それなら、地下鉄で帰ることもできる。

暦の上ではもう大暑で日差しはきつかったのに、少し傾いてきた。時折風が吹いて、ウォーキングには悪くない気温になった。

歩きながら考える。

面倒くさい、と思ったけれど、そういう感情はずっと企業で働いていた純一郎には初めてのものである。中目黒ではそこまでご近所と知り合えなかったし、巨大でたくさんの人がいる街だから一歩外に出たら人混みに紛れることができた。

——数日でこんな気持ちになるなんて、これまた下町の良さだよなあ。

十分くらい、行き先を決めずにふらふら歩いていると、街角に目立つ黄色い看板をつけた古い二階建ての店を見つけた。看板には赤字で「Coffee」、その下に青字で「あんみつ」とある。

——お、一目でいい店とわかる。

ガラスの入ったドアを開けて、中に入った。

「いらっしゃいませ」

数人の女性が立ち働いている。

四人掛けのテーブルが並んでいるが、残念ながらどれもいっぱい、やはり女性たちが楽しげに話していた。

これは無理かなと思ったら、「二階の和室なら空いていますが、どうしますか」と尋ねられた。

「あ。それではそちらで」

「では、二階にどうぞ」

案内された階段のところで靴を脱いで下駄箱に入れる。細い木製の階段を上がっていくと、八畳ほどの畳敷きの部屋が二間、つながっていた。

好きな席に、と言われて、端のちゃぶ台の前に、脚を折りたたむようにして座った。ちゃぶ台の上に置いてあったメニューを広げると、コーヒー、エスプレッソ、カフェラテ、カフェモカ、クメニューが並ぶ。
――さすがにホットコーヒーは暑いなあ、アイスコーヒーにしようか。
考えながら、次のページをめくると、季節限定のジンジャーアイスティーやミルクセーキをはじめとした、涼しげなメニューが出てきた。さらに、その隣にはたまごサンド、野菜サンド、たまごトーストなどのフードメニューがあり、さらにめくると、店の看板にもあったあんみつ、カスタードプリンとデザートが続く。
――結構、メニュー豊富だ。迷うぞ、これは。
ちょうど、ウェイトレスさんが下から水を持ってきてくれたので、注文した。
「たまごサンドとレモンスカッシュをください」
喫茶店巡りをするようになって初めてのレモンスカッシュだ。純喫茶と呼ばれるような場所にはほぼ必ずあって、でも、純一郎は今まで頼んだことがあまりなかった。
――こんな日に、一番合っているんじゃないだろうか、レモンスカッシュ。
注文を終えてほっとして周りを見回す。
二間の部屋にちゃぶ台のような脚の低いテーブルが点在し、ほぼ埋まっている。客は純一郎以外は二人連れだ。厚みのある赤や黒の座布団がいくつか置いてある。
――賑わっているなあ。人気店だ。
蒸し暑いけど、窓が開いていて、風がよく入ってくる。しばらくすると汗が引いてきた。
時折、店の脇を大型トラックが行き来して、二階全体がぶるぶると震えた。

そんなことや、皆が膝を崩して座っておしゃべりしている感じが、まるで、子供の頃、友達の家に来た時のようだと懐かしく思う。

しばらくするとたまごサンドとレモンスカッシュが運ばれてきた。箸と小さなミルクピッチャーくらいの容器も。中をのぞくと、堅く巻かれた紙のお手拭きが入っていた。手がこんでいて、かわいい。

たまごサンドは大きめの皿にあふれるように盛られていて、サラダと小さな蕎麦猪口(そばちょこ)ものっている。蕎麦猪口に入っているのは、野菜スープだ。

たまごサンドには全粒粉が入った薄い茶色の厚みのあるパンが使われている。中身は玉子焼きというか、オムレツ状の玉子だ。

——なるほど。

手に取るとずしりと重く温かい。大口を開けて頰張った。

「うまいな」

小声でささやいてしまう。

パンは全粒粉が入っているといっても、そんなに割合は多くない。わずかな酸味と野性味、でも、コシもしっかりした、水分量の多いパンだ。嚙みしめるほどに味わいが深く、耳もカリカリでおいしい。玉子とパンの間にマヨネーズらしきものが塗ってある。玉子焼きの半熟感、塩味、マヨネーズ、パンの酸味……その割合が絶妙で、完璧である。

脇に添えられたサラダも食べてみる。

ベビーリーフの上にサツマイモとにんじんの輪切りがのっている。サツマイモは焼いてあり、にんじんは生のままでこりこりした歯ごたえがある。白ごまが混ざったフレンチドレッシングがほっこりしたサツマイモとよく合う。

スープは透明のコンソメスープににんじんと玉ねぎの薄切りが少し入っていて、ショウガの風味が感じられる。

そうそう、レモンスカッシュを忘れていた。

黄色い飲み物が脚付きのフロートグラスに入っている。レモンと氷が涼しげだ。

口をつけて飲むと、甘酸っぱいレモンスカッシュの味に、何か、ひと味加えてある感じだ。

——やっぱりジンジャーか何かかなあ。

ここで、もう一度、メニューを引き寄せて見ると、「フレッシュレモンの酸。スパイスの香り」と説明書きにある。

——スパイスが入っているのか。確かにおいしい。暑い中、元気になりそうな味だ。

そして、ついでにたまごサンドの方も見てみる。「焼き立ての卵焼きとサワードウ」とあった。

——サワードウとはおそらく、パンの酵母だろう。つまり、イースト菌を使っていないパンということかな。全粒粉のパンってぼそぼそしてまずいイメージだったけど、こんなにもちもちしたパンがあるなんて。

うまいなあ、とたまごサンドに感動しながら食べる。店にはオーガニックビールも用意されていて、ビールにもよく合うに違いないと思った。

それに、厚みがあって大きな山型食パンを使っていることもあり、ボリュームもたっぷりだ。お腹がいっぱいになった。

スマホで検索して、近くに同じように古民家を改装した紅茶専門の喫茶店があるのを見つけた。根津駅に歩いていく途中のようなので、そこにも寄ることにした。

駅から数分というところなのだが、周囲がほぼ民家なので最初の店以上に普通の家に見える。なんだか、知らない人の家を訪問するようで、引き戸をおそるおそる開けてみた。

「いらっしゃいませ」

入口は土間だったが、靴のまま板の間に上がるようになっていた。

店内にはテーブルや椅子、ソファが点在し、低い天井からはシンプルなシャンデリアが下がっていた。家具やリネンはアンティークのようだ。ゆったりと柔らかな、でもしゃれた雰囲気を醸し出している。外見は前の店よりも民家風だが、中に入ると、こちらの方がずっと喫茶店らしい。純一郎のほかに客はいない。窓際のテーブルを選んで、メニューを手に取った。

ダージリン、ウバ、アールグレイといった紅茶と、スコーンが主なメニューで、コーヒーもエスプレッソを中心に少しある。めずらしいのは、紅茶とスコーンを組み合わせたクリームティーというメニューがあるところだろう。少し迷って、アールグレイとスコーンのクリームティーを注文した。

ぼんやりと外を眺めた。

大きな窓から庭がよく見えた。家は純和風の造りなのに、窓は天井から床まで大きく開いている。本来なら、ふすまや雨戸であるものをガラスを入れて作り直しているのかもしれない。そのガラスがステンドグラス風になっている。

庭を見ているだけで、時間がゆっくりと過ぎていくようだった。

そうしているうちに、紅茶のポットとカップ&ソーサーが運ばれてきた。

ポットには保温カバーがかぶせられ、横には小さな砂時計が置かれていた。砂がすべて落ちると飲み頃、ということらしい。さらに、ステンレスのポットも置かれた。紅茶が濃すぎた時、差すための湯だと言う。

砂時計の砂が落ちるのを待って、自分でお茶を注いだ。香り高い紅茶だ。

——いつもコーヒーばかりだけど、こうして丁寧に淹れられた紅茶を飲むのもいいなあ。

スコーンは大きめでチョコチップが入っていた。それにホイップクリームが添えられている。二つに割って口に運ぶとほろほろと崩れた。口の中の水分を持っていかれるが、そこに紅茶を注ぎ込むとちょうどいい。これこそがイギリス風のお茶の時間の醍醐味だろう。

二杯目はミルクティーにしていただく。

牛乳は先にカップに入れておいて、そこに紅茶を注ぐ。時間がたって少し濃くなったお茶がミルクにとても合う。

ふと、こうしてミルクを先に入れておくことを自分は誰に習ったのだろうか、と考える。珈琲教室でも一通り習ったが、その前に……。

——ああ、亜希子か。

亜希子が雑誌か何かで読んで、教えてくれたというか、教え込まれたのだ。

彼女からは、あれから連絡がない。

娘の亜里砂からは「ママと会ったんでしょ?　何、話したの?」というLINEが一度来て、亜希子からは伝えていないのだと知った。純一郎もなんと答えていいのかわからず、めずらしくそのまま保留にしている。

今のところ、次のアクション……離婚届が送られてくるとか、財産について話し合うとか、そういうことは始まっていない。

――どうしたらいいのかなあ。

離婚届どうする？　などと聞いたりして、こちらも積極的な風に見られたら困るし、かと言って「離婚絶対だめ、反対、断固許さない」と言うのも……。

――自信がないんだよな。

そして、結局、ま、保留だなということになって、何も進んでいない。

二杯の紅茶を飲み干して席を立った。勘定を払いながら尋ねてみた。

「ここは築何年くらいですか」

「八十年……八十五年以上でしょうか」

思っていたより三十年くらい古かった。

駅まで歩きながらいろいろ考える。

古民家カフェと言われる場所を二つ回ったが、どちらも素敵だった。そして、このくらいの古民家……というか古い家なら、純一郎の家の近くにも結構ある。

――ああいう場所で空き家になっているのをリフォームしてカフェにしたらどうかなあ。これほどおしゃれにする自信はないが、可能性はゼロではない。埼玉のあたりなら、月数万円で借りられるのではないか。

そんなことを考えているところに友人の宮沢から電話がかかってきた。

「松尾か」

「ああ、久しぶり」

「いや、待たせて悪かったな。決まったよ。正式に決まった」

「決まったって……」

「お前の就職だよ」

ずっと求めていたことではある。でも、すぐに声が出なかった。

「もしもし？　松尾？　聞いてる？」

「……決まったのか」

「なんだよ、嬉しくないのかよ」

「いや、嬉しいよ。ありがとう。いや、ありがとうございます。お前のおかげだよ」

「いいんだよ。本当によかった。また、ゼネコンの営業職だから慣れた仕事だし、亜希子さんもほっとするだろ。先方は来月一日から来てほしいってさ」

亜希子の名前が出て、うまく返事ができない間に、じゃあ、俺、これから会議だから、と宮沢は電話を切った。

はあ、っとため息が出た。

ずっと待っていた連絡だった。

しかし、決まると、どこかあっけない。現実感がない。

よかった、のかなあ。いや、よかったんだろう、と自分に言い聞かせる。

——このために、俺はずっと頑張ってきたんだし。

とはいえ、何か、むなしい。それは伝えるべき家族が今はいない……というわけではないが、あやふやだからかもしれない。

——ああ、さくらに伝えないと。

時計を見ると、まだ十九時前だ。まだ、彼女は店にいるだろう。

閉店前の店に、客はいなかった。

「いらっしゃい……あら」

カウンターの中に入っていたさくらは顔を上げて、少し驚いた。

「……ちょっと話があって。コーヒーもらえる?」

カウンターに座りながら頼んだ。

「もちろん、ちゃんと払うから」

「いやだ。そんなこと、気にしないでよ」

さくらはコーヒーを淹れて、純一郎の前に出した。

「実は……就職が決まった。前話してたところだけど」

彼女はあっさりとうなずいた。

「びっくりしないの?」

「まあ、いつかは、って覚悟してたし、戻ってくるならきっと何か大切なことだろうと思ったから」

「……来月からその会社で働くことになった。だから、早く次の人を決めないと……」
「そうね」
「どんな人を採るかとか、あまり深く考えすぎずに、応募してきた人ととにかく会ってみたら？そしたら、きっとわかってくるはず。こんな人は合いそう、とか、この人はダメそうとか」
「……ええ」
「あと、募集要項の紙ももっと大きくして、目立たせないと。今のままだと、本当に募集しているのかわからないくらいだよ。多少、ダサくても一時のことだからしかたない」
さくらは大きなため息をついた。
「……松尾さんに何がわかるの」
「とにかく、誰か人を雇って」
「え」
「あっという間に店を潰した松尾さんに何がわかるの？」
さくらの声は低く、少し怒気をはらんでいた。
「……ごめん」
理由はわからないまま謝った。とにかく、女性が怒っていたら謝るに限る。妻や娘、そして母にもそうしてきた。
「適当に謝らないでよ。ますますイライラする」
「だから、ごめん……いや、どうしたの」
「松尾さん、自分がどんなに恵まれているか、わかってない」

「え」

俺が恵まれてる？　早期退職してもらった退職金ほぼ溶かして、娘に合法オレオレ詐欺されて、妻に離婚を言い渡されている自分が恵まれてる？　まあ、就職は決まったけど。友達のコネでやっと決まった会社だし。

「家族いるし、娘さんなんだかんだでかわいくてしっかりしてるし」

「そんなこと……」

「写真を見せてくれて、話してくれたことを聞いていたらわかる。なんだかんだ、ちゃんとお父さんに連絡くれてるじゃん」

「妻とは離婚……」

「つまり、これからは奥さんの面倒をみる必要なく、気楽に生きられるってことでしょ。早期退職して、たいした実力もないのに再就職できる人なんてまれ」

「でも、退職金は……」

「松尾さんが喫茶店経営に失敗したのは、失敗することができる立場にいたからだよ」

「え？」

わけのわからないことを言われ続けたが、ますますわけがわからない。

「私なんて、絶対、失敗できない。田舎にいる両親は、同居している兄とその家族と、自分の老後のことで精一杯。絶対に頼れない。義姉には喫茶店経営なんて無謀だ、絶対にうちには迷惑かけないでくれってはっきり言われたし、自分で必死に貯めた三百万しか資金はなくて、あとは政策金融公庫から借りた二百万だけ。これだって、ちゃんと返せるか、毎晩、夢でうなされてる。

松尾さん、ちゃんと準備した？　私は絶対失敗できないから、教室に行く前も後も一年以上、いろんな喫茶店やカフェで働いて勉強したよ。二ヶ月ごとに六つの店を回った。起業やコーヒーに関する本はどれだけ読んだかわからない。それもこれも、私が絶対、失敗できないから！　あなたと違ってね！」

「……すまない、なんか」

今度は本心から謝った。

「いえ。松尾さんが悪いんじゃないってわかってる。でもね、アルバイト一つとっても、私は失敗できないの。そんな気楽に、簡単に人を雇えとか、誰でもとにかく雇え、会ってみろ、とか言わないで。私は」

さくらは両手で顔を覆った。泣いていた。

妻や娘なら肩に手でも置いて慰めるのだが、そういうわけにもいかない。

純一郎はしばらく彼女が泣いているのを見ていた後、カウンターの中に入って、コーヒーを淹れた。自分にできることはこのくらいしかない。普段はあまり使わないが、ドリップコーヒーの道具が一揃いあることは知っていた。

豆をフィルターにセットして、丁寧にコーヒーを落とした。店の中にいい匂いがただよう。

「……ごめんなさい」

コーヒーを彼女の前に置くと、さくらは目と鼻を真っ赤にして謝った。

「いや、こちらこそ、そんな事情を……知ってはいたけど、そこまで親身に考えていなかった。自分のこととして想像できてなかった」

「本当に、松尾さんが悪いわけじゃないってわかってるんだけどね。でも、あなたがあんまりにも自分が恵まれていることもわからずに、お気楽にアドバイスしてきたから頭にきちゃった」

「そうだよね」

さくらがコーヒーを飲んで落ち着いた後で、純一郎は言った。

「……ちょっと思いついたんだけどね。自分が中目黒に店を出していた時、雇っていた斗真君ってアルバイトの子がいる。学校は中目黒だからここから近くはないけど、確か、家はこのあたりだったはず。彼、アルバイトを探していたから、しばらくの間だけでも来てもらったらどうかな。目端が利いて、頭のいい子だ。おしゃれでイケメンだから、この店にも合う。結構、しっかりしていて、ちょっとずけずけ言うこともあるけど……ここの常連にも負けないと思うよ」

「じゃあ……私とも合いそう、かな」

「うん、そんな気がする。俺もいつもやり込められてるし」

「それは絶対、気が合うわ」

さくらはやっと少し笑った。

その顔を見ながら、自分もさくらも、新しい何かが始まる、と思った。

八月　午後一時の新橋

とん、と松尾純一郎の目の前にアイスコーヒーが置かれたので顔を上げると、斗真がいた。

「こんにちは」

にこっと笑う顔が相変わらず、さわやかだ。

「久しぶりだね」

「はい」

「元気？」

「まあまあです」

彼は肩に提げていたリュックを椅子の背にかけて、純一郎の前に座った。

「また、雰囲気変わりますね」

「え」

斗真は純一郎のスーツに顎をしゃくるようなしぐさをした。

「ちゃんとしたスーツだから」

「この前もそうだったろう」
「ええ、でも、本格的に会社に行くようになると、また違いますよ」
「どう違うの？」
彼は鼻にしわを寄せるようにして、ちょっと笑った。
「現役感？」
「そうかなあ」
さくらの店を紹介してから一ヶ月ほど経った。最初に店で働き始めた頃はまだ就活中だったが、今は彼も内々定が出た、と聞いていた。お祝いのメッセージを送ったら、「ちょっと会えませんか」という返事だった。いったい、なんで自分なんかに、とも思ったが、アルバイト先を紹介して、行ってもらっている身だ。さくらからは彼の働きは申し分ない、いい人を紹介してくれてありがとう、と言われていた。でももしかしたら、あの店で不都合があるのかもしれないし、その相談に乗るのは自分の役目かもしれない。今は新橋の会社だと言うと、ではその近くに行きます、と駅前のチェーン系カフェを指定された。営業職というのは、こういう時、比較的時間が自由になるのだけがいいところだと思う。
「就職決まったんだよね、おめでとう」
「ああ、まあ。ありがとうございます」
「どういう系？」
「結局、ＩＴ関係というか」
何が結局なのかはわからないが。

「会社はどちらなの？」

「目黒です」

本当は会社の名前を聞きたかったんだが、場所を答えられた。聞き返すのも面倒だし、まあ、そう興味があるわけじゃない。

「忙しくなるな」

すると、彼は「うち、副業もOKなので、就職しても土日、祝日は働けますって、さくらさんにも言ってあります」と答えた。

「え、そうなの？　今はそんなこと、できるの？」

「わりに普通ですよ。たぶん、ちゃんと届は出さないといけないはずですけど」

「へえ。進んでるなあ」

「だって、そう給料が高いわけでもないし、副業禁止なんて、おかしいじゃないですか。だったら、そこで働くだけで、家賃払って、結婚して、子供育てて、投資する。それだけの給料をちゃんと出せないとおかしい話になります。副業NGなんて言えないはずですよ」

「なるほど」

心底感心してしまう。確かに理屈は通っている。純一郎の若い頃には副業を考えることもできなかったし、そんな余裕もなかったと思う。彼が就職後もさくらの店で働くとは思ってもみなかった。

「……ということは、あそこではうまくいっていると思っていいのかな？」

おそるおそる尋ねた。

「もちろんですよ。さくらさんから聞いてませんか？」
斗真は眉を上げて、こちらを見た。まるで、純一郎の問いが心外だと言うように。
「ならいいんだけど」
「さくらさん、頭いいし、話してても勉強になって楽しいです。さすが、大手のプレスやってた人だなあって思います」
「お客さんたちは？」
「まあ、ちょっとウザい人もいるけど、許容範囲かな」
彼は肩をすくめた。
その点はさくらからも聞いていた。常連客たちの口撃は、斗真が来ただけで驚くほどぴたりと止まった、らしい。意味なく長居する客もいなくなった。
「いや、効果は松尾さん以上だわ、ありがとう」
そんなふうに礼を言われた。感謝されたのは嬉しいが、自分以上と言われると、ちょっと複雑な気分になる。
「どうしてだろう？　彼は威圧感とかないタイプだと思うんだけど」
「なんと言うか、まず、イケメンじゃない、彼。しゅっとしててさ。それだけでちょっと、余計なことを言わせない感じが漂うよね。変なことを言ったら、さらっと正論で返されそうな。でも、確かに、威圧感があるわけじゃないね」
「逆に、来なくなった客とかいない？」
「今のところは大丈夫。まあ、これで来なくなった人とかは、元々来てもらいたくない客だし。

それよりも、商店街の奥さんたちが彼目当てに来てくれるようになった」

「そりゃいいね」

「しっかりしてるし、控えめだけどはっきり意見も言うし。いい子だね。松尾さん、大切にしなきゃね」

「ああ」

なんで、斗真を大切に？　と疑問を持った。でもきっと、こういう人材、若い子は大切に育てなくてはならない、ということだろうか。

「じゃあ、よかった。問題なくて」

ほっとしながら、斗真に言った。

「僕こそ、ありがとうございます。これからも続けていきたい場所なんて、なかなかないから」

「でも、大丈夫？　本格的に会社員生活が始まったら、疲れちゃって副業なんて言ってられないかもしれない」

自分の若い頃を思い出して、老婆心ながらそう伝えないわけにもいかない。あの頃は、深夜まで残業して翌朝早く出勤するようなこともめずらしくなかった。若かったからなんとかやっていたが、土日は家で一日中寝ていたような気がする。

「まあ、入社前からインターン的に働いているのでだいたいのことはわかってますし、ダメならやめればいいので」

「カフェを？」

「いえ、会社の方を」

驚いて、飲みかけたアイスコーヒーを噴き出しそうになる。

「そういうわけにいかないでしょ。いや、そんな真剣になられたら困るよ。紹介したからって、そこまで責任持たなくていいから」

彼はまた肩をすくめた。

「新卒で勤めた会社をやめられたりしたら、こちらが親御さんに申し訳なくなるよ」

「まあ、その時考えます」

面倒なのか、そう答えただけではぐらかされた。

「店長こそ、どうなんですか、今の仕事……」

純一郎の喫茶店で働いていた彼は、まだ自分を店長と呼ぶ。それでは、確かに、このスーツ姿は奇異に映るだろう。

「まあ、大変だけどね……やるしかないよね」

目の前の若者に、忠告した直後とは思えないほど、肩が落ちてしまった。

わかっていたことだが、純一郎の仕事、ゼネコンの営業とは基本「挨拶回り」なのである。宮沢に紹介してもらった会社の名刺を持って、昔の知り合いや取引先、大学時代の友達なんかを回る。「何か、仕事をもらえないでしょうか」という体で。

最初の三週間で知り合いはほぼ回ってしまった。再就職の挨拶ということも兼ねているから、皆、快く会ってくれたけど、これからはどうなるのか。

それに、当然、どこからか一つや二つは仕事を取ってこなくてはならない。前の取引先には、逆に純一郎が仕事を紹介してきた人間もいるので、なんとかなるとは思うが……暑い中、人の会社を訪ねて頭を下げて回るのはきつい。

「ぼちぼちだよね」

ため息まじりに同じようなことをつぶやいた。

「大丈夫ですか？」

ただ、少しだけ気が楽なのは、驚くほど給料が安いということと、一つの仕事が取れそうな気配があることである。新卒の初任給とほとんど変わらないくらい。残業もないからそれ以上増える可能性もない。これだけ安いなら、それほど期待もされていないのだろうと勝手に推測している。しかし、そのことを目の前にいる、前途、明るい青年に話しても仕方ない。

「まあ、今やってる仕事とか待遇って、誰もが通る道なんだよね。誰でも会社員であれば、出世して役員や社長にでもならない限りは、こういう外回りの仕事を続けることになるんだよ」

「ね？　だから、僕はいざとなったらカフェの方を取るんです」

斗真がちょっと得意げに言う。

「食べられるくらい稼げればいいじゃないですか。幸い、実家だし」

「就職しても実家なの？」

「ずっとそうかはわかりませんが、しばらくは。親もその方が喜びますしね」

「いいねえ」

思わず、声が出た。

「店長だって、そうすればいいじゃないですか。この暑い中、スーツ着て歩き回るより、雇ってくれるカフェ探せば」

「いや、そういうわけにはいかないよ。年金もらえるくらいまでは働かないと。お金足りないからね」

「それって何歳ですか」

「たぶん、六十五とかじゃないの？」

年金をいつからもらえるのか、正確に調べたわけじゃないけど、今は前のように六十からはもらえないらしいと、聞いたことがある。

「じゃあ、あと七、八年くらいですか」

そう言われると、心の中にずっしりと響いて、返事の代わりに深いため息をついてしまった。

「そうですか？　本当にそうですか？」

「え」

斗真はいつになく真剣な面持ちで言う。

「ちゃんと計算してみました？　今、店長は持ち家ですよね。ローンも払い終わったんですよね？　だったら、最低限の生活費だけでいいわけで、それは年金受給後も同じでしょ？　子供は巣立っているんだし」

「でも、老後が不安だし」

「本当のところ、いくら必要なんですか？　一ヶ月に。わかってます？　そして、退職金なんかはいくら残っていて、それは投資とかしてないんですか？」

「いや」

そう詰められると、口ごもってしまった。会社で経費や原価の計算はしてきたけれども、生活費のことはあまり考えていなかった。適当に貯金を下ろして使っている。
「多少、少なくなっても、好きな仕事をして、毎日食べられるだけ働ければいいじゃないですか」
「でもねえ」
「だいたい、今の家を売って、もう少し小さな家を借りるとか、そういうこともできますよ」
「なるほど」
「うちの親もそうだけど、不安不安て言いながら、ちゃんと計算してないんだよなあ」
斗真の親の代わりにうなだれてしまう。
「……まあ、ちょっと考えてみるよ」
前に斗真に「わかってない」と言われたのはこのことなのかもしれない。
「ところで、喫茶店巡りはどうなったんですか?」
斗真は優しい声で言った。あまりにも純一郎がしおれて見えたのかもしれない。
「もうやってないんですか?」
「今の会社に入ってからは、なかなかね……外回りが多いから、そのうち余裕ができたら、ちょっと離れた場所とかにも行けるなあなんて考えているんだけど、今は無理かなあ。なんだか、疲れてしまって」
歩き回ることが多いし、しばらく会社で働いていなかったからか、家に帰るとぐったりして、そのまま寝てしまう。喫茶店を始めたばかりの時は、これなら会社員の方が楽だ、なんて考えたけど、今は逆だ。

「……店長って、喫茶店にもあまり情熱なかったんですかねえ」
斗真がつぶやくように言う。さらにぐさっときた。
そんな話をしながらアイスコーヒーを一杯飲み終えて、店を出ることにした。
「今日はこれから、カフェドローフ？」
店の前で、何気なく尋ねた。
「いえ、学校の方です」
「今度、アルバイトの時にでも、さくらさんによろしく伝えてね」
「はい」
「じゃあ」と手を振って別れる間際だった。
「あ、あの」
「何？」
振り返りながら、ふっと、そう言えば彼の方から「会いたい」って言われていたんだっけ？と思い出した。
「……付き合っているんです」
「え？」
驚いて聞き返したのだが、彼の方はよく聞こえていないと思ったらしい。
「付き合ってます」
「誰と？　あ、さくらさんと？」
「さくらさんなわけ、ないじゃないですか」

彼はふん、と鼻をならすように笑った。
「あの人、かなり年上ですよ」
「あ、ごめん」
なんだか知らんが、謝ってしまった。
「付き合ってるのは、亜里砂です」
「え？」
一瞬、何を言っているのかわからなかった。じわじわと頭にしみこんでくる。
「えええー！　亜里砂って、うちの娘の⁉」
彼は小さくうなずいた。
どういうことなんだよ、と思う。
そういう大切なことは最初に言って欲しい。最低でも店内で言って欲しい。
最低でも店内。あまりにも驚いて、頭が変なことを考えてしまう。
クラクラしながら、やっと次の言葉を絞り出した。
「……いつから？」
「前からです」
そりゃそうだろ、と思う。もっと正確な時期を知りたいのだ。
「うちの店には、その……娘と付き合ってるから来たの？」
彼は大きく首を横に振った。
「それは違います。亜里砂とは一度、学校外の飲み会で顔を合わせて連絡先だけ交換していたんだけど、店長と面接で話しているうちに、亜里砂のお父さんだって気がつきました。それで、彼女に連絡取って……お父さんの店でバイトしてもいいかって聞いたら、いい、って。それに、父親のことが心配だから、時々どんな様子か教えてって……」

彼は上目遣いにこちらを見た。不思議だ。彼の方が背が高いはずなのに、卑屈に背をかがめているせいか、上目遣いに見える。

「ま、そういうことで」

「そういうことで、じゃないよ」

気がついたら、大きなため息をついていた。

「なんか、問題ありますか？」

大ありだよ、と言いたいところだけど、今の時代、この状況の何が問題か、と言われたら何も言えない。

「ないけどさあ」

斗真はいい子だし、それは自分がさくらに紹介したくらいだから、よくわかっている。だけど、いきなり、それはないよ、と思う。

「でも僕、店長のこと、お義父(とう)さんとかまだ呼びたくないんですよね」

ただ付き合ってるだけなんだから当たり前だろ、こら、と心の中で言っていた。

今日は外回りだと会社には告げて出てきていた。適当に得意先を回り、直帰するつもりだった。でも、斗真には「情熱なかったんですかねえ」なんて言われるし、とてもこのままじゃ、帰れない。

——あそこ、行ってみるか。

ニュー新橋ビルの喫茶店に行った時、駅を挟んで反対側の「新橋駅前ビル」の中にもレトロな純喫茶があるのを確認していた。今いる場所から歩いて数分だ。時間もあるし、せっかくだから回って行こう。

ビルは古色を帯びていた。

——そろそろ建て替えの必要があるんじゃないだろうか……。

一応、建設関係の仕事をしていた純一郎だけど、そうでなかったとしても、ここ最近、都内の古いビルがどんどん耐震工事を行ったり、建て替えをしていることくらいは気がつくだろう。

一階には、ラーメン屋やマッサージ屋、飲み屋など、ニュー新橋ビルに似た風景が広がっている。

——東京の一等地とは思えないくらい、のんびりしているなあ。

その一角に、前から純一郎が来たいと思っていた喫茶店があった。

おしゃれな名前の店だけど、とても親しみやすい雰囲気の店だった。えんじ色ののれんに白のかわいい書体で店名が書かれている。看板はフランス国旗を思わせる。店の外にガラスケースがあって、さまざまな食品サンプルが並んでいた。色とりどりのそれを見ていたら、自然につばがたまってきて、「よし、この店にしよう」と決めた。

店内はカウンターと壁際に並んだソファ席だけで、一人もしくは多くても二人で来た方がよさそうな作りだ。

席に着いて、メニューを見た。ハンバーグとスパゲティが評判の店だ。主なメニューは、店名がついたハンバーグとハンバーグサンド、ナポリタンとハンバーグスパゲティである。

ここのナポリタンを食べてみたかった。小ぶりのハンバーグが添えられている、ハンバーグスパゲティにしようかと思ったが、メニューの写真をよく見ると、ハンバーグには下にナポリタンが敷いてある。見たところ、通常のハンバーグに添えられているスパゲティの量ではない。

「何になさいますか」

注文を取りに来た女性に尋ねられた。

「あの……このハンバーグにもスパゲティがついているんですか？」

「はい。ハンバーグスパゲティよりは少ないですが」

「じゃあ、それで……セットにしてもらえますか？」

サービスセットには、お飲物・手作りプリン付と書いてある。

「はい。お飲み物は何になさいますか」

「アイスコーヒーで」

女性が下がって、純一郎は一息ついた。

「あーあ」

自然に、声が混ざったため息が出た。

あんまりにもいろいろなことがあって、どこから考えたらいいのかわからない。自分のこと、娘のこと、仕事のこと、会社のこと、これからのこと、妻のこと、斗真のこと……。

「ハンバーグはこれで終わりです」

そんな言葉が耳の中に飛び込んできた。どうも、厨房の人たちが話しているようだ。

――俺が頼んだ分で、今日の分のハンバーグが終わったのか……。

時計を見ると、まだ二時前である。人気店なんだなあ、と改めて確認する。

実際、後から入ってきた人たちには「ハンバーグは終わりなんです。ハンバーグスパゲティかナポリタンになります」と説明していた。

純一郎は微笑んでしまった。ちょっと得した気分だ。

――あまり、気にしていてもしかたないな。自分の力ではどうにもならないこともあるし。

そうしているうちに、ハンバーグが届いた。

丸く白い皿の真ん中にナポリタンが山盛り、その上に拳大のハンバーグがのっている。そう大きくはないが厚みがある。きゅうりとトマト、レタスのサラダとロールパンが添えられていた。

――これだけで、十分、普通の店のナポリタンくらいの量はあるんじゃないか……。少なくとも、付け合わせのレベルは超えている。

カトラリーはフォークのみである。頼めばナイフやスプーンをつけてくれるのかもしれないが、出ているのはフォークだけ。おそるおそる、そのフォークをハンバーグに入れる。ほとんど力をこめることもなく、ほろほろと崩れるように半分になった。ずいぶん柔らかいハンバーグだ。目視できるくらい、大きめのみじん切りの玉ねぎが混ざっている。一口頬張ると、肉のうまみと玉ねぎのしゃきしゃき感が伝わった。

――へー、手作り感がある。まさに昭和の家庭のハンバーグ。これは人気があるのわかるな。

フォークをスパゲティの方に移す。かなりの太麺のパスタがたっぷりのトマトソース、というかたぶんケチャップであえてある。具はベーコンと玉ねぎと缶詰のマッシュルーム。これまたフォークで巻いて、口に運ぶ。

——あ、いいねえ。昭和なナポリタン。麺が柔らかく、味は酸味が強い。

ハンバーグも麺も、徹底的に柔らかく懐かしい。食べるごとに、心が優しく和んでいくのがわかる。

ロールパンを手に取ると真ん中に切れ目が入っていた。開くと、マーガリンがたっぷり挟まっている。

——ハンバーグを挟んだら、そのままハンバーグサンドになるんじゃないの？　ナポリタンを挟んでもおいしいかも。

ハンバーグサンドも食べられるとなると、本当にいろいろな意味で、お得なメニューだ。さらに、テーブルの上には粉チーズの大きな容器がのっていて、これをかけると、ナポリタンの酸味がぐっと軽減され、またちがった風味のスパゲティに味変できる。

パスタやハンバーグの山が小さくなってきた頃、アイスコーヒーとプリンが運ばれてきた。

酸味と苦みがどちらもほどよいコーヒーだった。プリンはおちょこをさかさまにしたくらいの大きさだけど、カラメルが上にのったちゃんとしたカスタードプリンで、見ているだけで楽しい。これまた懐かしい、少し固めの、卵の香りがするプリンだ。

穏やかな気持ちで食事を終えることができた。勘定を払って店を出る。

——せっかくだから、このビルでもう一軒、行ってみるか。

地下街に降りていく。エスカレーターを降りたところで、思わず立ち止まってしまった。

いや、驚くほど完璧な昭和四十から五十年代の頃の街並みが広がっていた。古いバーやクラブ、レストランがずらりと並び、まるでテーマパークのようだ。ビルの中だけれども、見惚れてしまう。

——こんな場所に行ったことがある……横浜のラーメン博物館の中だ。けれど、こっちの方がすごくないか。なんたってリアルだもの。わざとらしさがまったくない。

ところどころ、新しくできたラーメン屋などもあるが、あまり気にならない。それほど、古くからの店のパワーが強い。

純一郎の次のお目当ての店……フルーツパーラーもそこにあった。

これまた、昭和レトロな店である。外に食品サンプルが飾ってあって、パフェやサンデーなど、華やかなメニューが並んでいる。

中に入ると、角の席に案内された。椅子は赤とベージュの人工皮革が張ってあって、新しいのに、どこかクラシックな雰囲気。一昔前の客室乗務員のスカーフの色を思わせる。

そして、この店は打って変わって、女性が多い。二十から三十代の二人組が向かい合わせでおしゃべりしたり、もう少し年上の女性が一人でコーヒーを飲んでいたりする。

メニューを見る。

スパゲティやピラフ、サンドウイッチもあるし、アルコールの提供もあるようだが、やっぱり、パフェやプリン、あんみつなどの甘味がいいような気がする。フラッペやホットケーキも置いてあった。

チョコレートパフェ、フルーツパフェ、バナナサンデー、ブルーベリーサンデー、フルーツポンチ……正直、名前だけでは、喫茶店の勉強をした純一郎でも、はっきりした見た目は想像できない。でも、キラキラした何か、なのはわかる。

プリンを食べたばかりだからか、そちらに目が行ってしまう。

——プリンローヤル、プリンア・ラ・モードの違いはなんだろうか。

ローヤル、というのは、勉強した中にもなかった。

注文を取りに来た女性に聞いてみた。

「この、プリンローヤルとプリンア・ラ・モードの違いはなんですか?」

「ローヤルの方には、アイスクリームが入っていないんです」

「なるほど」

プリンア・ラ・モードとホットコーヒーを注文する。

待っている間、純一郎の斜め前の女性たちに、ガラスの器に果物や何かが盛られたものが運ばれてきた。たぶん、バナナサンデーとフルーツポンチだろうと目星をつける。

二人は目の前に置かれたものに華やかな歓声を上げた。たぶん、亜里砂と同じくらいの歳だろうと思う。

——マジで付き合っているのか、あいつら。

しばらく頭の片隅に追いやっていたことをつい思い出した。これだけ広い東京で、同じ学生というだけでは簡単には知り合えないだろう。友達の友達であると聞いた時に、もっと用心すべきだった。

お父さんが心配で連絡を取っているうちに付き合いだした、というのもどこか、むかつく。

――そんなことを言いわけにして欲しくない。付き合う前に、どちらかから報告すべきじゃないか……。

結構シリアスな気持ちだったのに、プリンア・ラ・モードが届いて、頬が緩んでしまった。

横に長い楕円形（だえんけい）のガラスの器に、小ぶりのプリンとバニラアイスを真ん中にして、メロン、桃、パイン、みかん、チェリー、バナナ、りんごがきれいに飾られている。りんごはもちろん、ウサギ形だ。間にホイップクリームが絞られている。プリンのカラメル部分が光をあびてキラキラ光っている。

――カラメルって光るんだな。

できることなら、「わあああ」と歓声を上げたいくらいだ。けれど、さすがにそれは難しい。喫茶店でこういうものは頼めるけど、歓声はまだ無理だ。

純一郎はこれまで、パフェが喫茶店の女王かと思っていたけど、それは違うのではないか。喫茶店の女王はプリンア・ラ・モードなのではないか。そう思えるくらい華やかだった。

どこから手をつけようか迷ったあげく、結局、真ん中のプリンにスプーンを入れる。固い。かなり固い。さっきの店のプリンもかなり固いと思ったけど、そんなもんじゃない。もっとしっかりしている。

カラメル部分と一緒に口に入れると、固いプリンが優しく溶ける。ほろ苦いカラメルが混ざった。そこにホットコーヒーを流し込む。

「うん」

歓声を上げる代わりに、小さくうなった。

卵の香りがする濃いプリンにコーヒーが合う。コーヒーはこちらも、あまり主張のない、苦みも酸味も抑えたタイプ。きっと、この店の主役は色とりどりのフルーツを使ったデザートだと心得ているのだろう。

次に、みかんをホイップクリームとともに食べてみる。

――うまいなあ。缶詰のみかんにホイップクリームをのせただけなのに。

今まであまり気がつかなかった味覚だと思った。新しい扉を一つずつ開けていくようだ。

さらに、アイスクリームにもスプーンを入れる。正統派のバニラアイスクリーム。あまり濃くなく、果物やプリンを圧倒しすぎない。ちょうど良い風味で、このボートの中に溶け込んでいる。

プリンを食べ進めると、底の方がさらに固くなっていることに気がついた。食感はチーズケーキに近い。

――これはまた、別に楽しめるぞ。

プリンのカラメルが器の底にたまって、溶けたアイスクリームやホイップクリームと混ざっている。この液体がなんともおいしく、意地汚いかもしれないが、余さずスプーンですくって、果物やプリンと一緒に食べた。

――プリンア・ラ・モードというのは、パフェよりも量も少ないし、食べやすいかもしれない。あんなにナポリタンやハンバーグを食べた後なのにあっという間に平らげてしまったなあ。

しみじみとした気持ちでコーヒーを飲む。

「なんか、問題ありますか?」

急に、斗真の言葉が心に浮かぶ。

いや、確かに別にいいんだけれども……。
亜里砂と斗真が付き合っているところで、何が問題なのか、と問われたら、言い返せない。だけれども。
——もしかしたら、寂しいのかな、俺。
年齢も立場も違うのに、向こうから頼まれて会うような、友達……とまではいかないが、部下というのとも違う、知り合いがいる。一度は一緒に店をやった戦友だ。さらに、ずけずけとものを言ってくれる間柄でもある。
——自分にもそういう若い人がいるのだということを、どこか、誇りに思っていたのかもしれない。だけど、それは娘の彼氏で、あっちは娘のために我慢していたのかも……。
考えていたら、どんどん落ち込んできた。
「まあ、しかたないな」
今日はまだ外は暑いだろう。でも、得意先を回らなければならない。
すべて、しかたないのだ。それが自分の人生なのだから。
コーヒーを飲み干して立ち上がる。

九月　日曜日の朝の赤羽

赤羽駅の改札を出ると、松尾純一郎はその大きさに驚いた。

隣の十条駅には仕事で来たことがあった。赤羽もだいたい同じような規模だろうと思っていたが、駅ビルもあって、たくさんチェーン店がそろっていた。驚くほど賑わっている。

時計を見ると、まだ九時だ。待ち合わせの時間には早い。

——なんだか、妙に早く着いてしまったなあ。

緊張しているのだ、と自分でもわかる。

数日前に宮沢から「登美子さんが連絡を取りたいって言っているけど、メールのアドレスとか教えてもいいかな」と電話が来た。

登美子は前の妻だ。宮沢に誘われて、半年ほど前に彼女が営業する料理屋に行った。その時久しぶりに会って以来だった。

「え」

思わず、絶句すると、「なんだか、お前に伝えないといけないことがあるらしい」とさらに驚くようなことを言う。

「……かまわないよ」

内心の動揺を悟られないように答えた。

「まあ、お前にとってもびっくりだろうが、登美子さんなら困らせるようなことはないだろう」

と、動揺はすでにさとられていた。

電話を切ったあと、すぐにメールが来た。

(ちょっと話したいことがあるから、お会いできませんか)

またまた、どきりとさせる文章が続く。ひどいと思う。純一郎は心臓になんの疾患もないからいいが、人によっては倒れてもおかしくない。

しばらく迷った後、「結局、答えるしかないよな」と観念して返事を書いた。

(先日はありがとうございました。了解いたしました。どちらにうかがえばいいでしょうか)

まるで、仕事のメールのようになった。

(次の休み、いつですか……)

というような数回のメールの交換の後、登美子が今住むという赤羽の喫茶店を指定されたのだった。

待ち合わせまで、まだ、一時間ほどある……。

迷いながら、この街の大通りというか、表の顔なんだろうな、と思われる商店街の方に歩いて行った。その間にも、たくさんの店が並んでいるし、人通りも多い。

——地に足をつけて、住みやすい街を選んだんだなあ。

若い頃の登美子とはまた違う一面を見たような気がした。夫婦だった頃は、世田谷区に住んでいた。たくさんの飲食店があり、都心に近い、端的に言えばおしゃれな街に住みたがったから。

商店街の中程に、黄色と茶色の看板に「純喫茶」とあるのを見つけて、中に入ってみることにした。細い階段を二階に上がる。

ドアを開けると、こげ茶色のソファが並んでいるのが目に入った。女性店主に、どちらでもどうぞ、と言われて、四人がけのテーブルを選ぶ。

メニューを手に取った。コーヒーや紅茶、生ジュースなどが並ぶ通常版の裏に、サービスセットメニューと書かれたものがある。

——まだモーニングの時間だから、これ、食べてみるかあ。

モーニングはトースト（バターかジャム）とホットドッグの二種類。少し迷って、バタートーストとコーヒーを選んだ。

——バタートーストって、喫茶店くらいしかないメニューだけど、時々食べたくなる。一方、家でもできるメニューを店で出すというのは、そこに何か理由がなくてはならない……。

しばらく待っていると、トーストが小さいかごに入って運ばれてきた。その隣にはゆで玉子と塩、コーヒー。

「あ」と小さい声を出してしまう。

トーストには何か理由が必要だ、と偉そうなことを考えてしまったけど、この厚切りでこんがりきつね色に焼けたトーストにマーガリンがたっぷり。玉子、コーヒー付きとなると、これでワンコインちょっとというのは、十分理由になるなあ、と思う。

コーヒーを一口。酸味も苦みもマイルドな、淹れたてのコーヒーの味がした。

「おいしいなあ」

トーストは厚切りだけど、よく焼いてあるからさくさくしている。マーガリンのうまみもじんわり、口の中に広がる。そこにコーヒーを一口含むと、朝の幸せを感じた。

玉子も殻を剝いて食べてみた。

あまり期待せずに口に入れたのだが、ほどよいゆで加減の半熟だった。

――家ではなかなか、こうはいかない。

この街に住んでいたら、毎朝来たくなる店だ。コーヒーを飲んでしみじみ思う。そうしているうちに、約束の時間に近くなったので店を出た。

登美子が指定してきたのは、駅前の喫茶店だった。二階にも席があるというので、上がってみる。

メニューを見ると、ここにもモーニングセットがあった。厚切りトーストかジャムトースト。せっかくだから食べ比べてみるか、と厚切りトーストとアイスコーヒーを頼んだ。

運ばれてきたのは、小ぶりのころんとした形のワイングラスに入ったアイスコーヒーと、木製のトレイにのったトースト。こちらもこんがり焼けている。なんとなく、雰囲気がかわいい二品だった。

「よく焼けてるなあ」

トーストをがりりとかじると素直にそんな声が出た。二食目でもおいしい、それがバタートーストだ。
五分ほどして、登美子がやってきた。
「お待たせしました」
「久しぶり」
「この間はありがとうございました」
登美子の表情は硬く、どこか、飲食店店主とその客のような挨拶だった。まあ、今の関係はその通りなのだから、しかたない。彼女は純一郎の前に座った。
こうして、二人きりで向かい合って話をするのは何年ぶりだろう。
離婚して以来だから、二十年以上経っていることは間違いない。正確な年月を思い出そうとして、純一郎は諦めて目をつぶり、小さく首を振った。
純一郎の気持ちを察したように、登美子が話し始めた。
「お元気？」
「あ、ああ」
「宮沢さんにも、よろしくお伝えください」
「うん。もちろん」
店の主人が二階に上がってきて、注文を取ってくれた。彼女も同じようにアイスコーヒーを頼んだ。
「ここ、よく来るの？」
話が盛り上がらないので、つい尋ねた。

「ええ。駅前だし、時々」
やっぱり、うまくいかない。そのまましばらく話が途切れた。
「最近、お仕事はどうなの？　宮沢さんから話を聞いたけど」
コーヒーを半分くらいまで飲んだ頃、やっと登美子が店のお客でもあしらうように尋ねてくれた。
「ああ、なんとかね……」
営業のような仕事をしている、とその内容を話す。たいして、楽しい話でもないが。
「前からのお得意さんを回ったり、会社から頼まれた場所に挨拶に行ったりね……」
「そう」
「まあ、代わり映えしない毎日ですよ」
「でも、サラリーマンって、そういうことでしょう？」
登美子が薄笑い、というような表情で言った。
「まあね」
そのあたりから、決して話が弾むというほどではないが、少しだけ場がほぐれてきた。
「どうですか、お店の方は」
今度は純一郎が聞いてみた。
「まあ、なんとかやってる」
「そう？　なんとかってレベルじゃないでしょ。すごく賑わっていたじゃない」
「そうね。十年以上続く飲食店はなかなかないって、起業する時にいろんなところから言われたけど、それもなんとかなったし」

「浅草で……すごいことだよ」

そしてまた、話は尻つぼみとなった。

「……なんか、話があるって……」

そこで、純一郎はしかたなく、そう尋ねた。

事前に、それは言うまいと思っていた言葉だった。なんだか、それを言うと、「お前のために来てやった」「さっさと話をして帰りたい」というふうに取られないかと思って、言い出せなかった。これは登美子に対してだけでなく、普段から気をつけていることだ。

「あ、ああ」

予想していたように、登美子はちょっと気まずい顔になった。

「いや、別にいいんだけど」

「……前に聞かれたでしょ」

「え」

「前に教えて欲しいって言われたじゃない？　あのナポリタン」

「あ、ナポリタン」

考えてもないことを言われて、驚いてしまった。

「あれ、教えてあげようかと思って」

「ああ、それか……」

一瞬、「なんだ、そんなことか」と言いそうになって、言葉をぐっと飲み込んだ。いったい、なんの話かとドキドキしていたので、ほっとして口走りそうになった。ヘタをするとそれを軽んじているかのように受け取られかねない。

「そう……ありがとう！　あれ、おいしかったから……嬉しいよ」

「いえ、たいしたものじゃないんだけど」

登美子の言葉が謙遜なのか、それとも別のものなのかわからないまま、首を振る。

「いや、とんでもない。ありがたいよ」

「あれはね……」

登美子が説明を始めた。麺は市販の二・二ミリの太麺のスパゲッティを使うこと。茹でる前に半日以上、水に浸けておくこと……。

「え、水に浸ける？」

思わず、身を乗り出して聞き返した。

「そう。水に浸けておくと、乾麺とも生麺とも違う、もちもちした食感が生まれるの。もともと太麺だけど、その食感がさらに増すの」

「なるほど……」

登美子に断ってスマホを出し、メモを取らせてもらった。

「それに茹でるのも数分でいいの。だから、お客様に出す時にさっと出せるでしょ」

感心して、声も出ない。代わりに、うなるようなため息が出た。

「確かに、喫茶店なんかだと、ゆで麺を炒めるところが多いよね」

「ええ。あれはあれで、独特の歯ごたえがあって、おいしいけどね。このやり方だと、あそこまで柔らかくならない」
「すごいな」
不思議だ。あれだけ気まずかったのに、料理の作り方を話していると、こんなにすらすら話せる。
――登美子は本当に料理が好きだったなあ。食べることも。
メモアプリに記入しながら、思い出した。
彼女の数々の料理、それは二人の生活そのものだった。
「ナポリタンの具はね、何でもいいと思うの、あなたの好きなもので。あまりにもインパクトの強い食材や匂いが強いものはダメだけど」
「ベーコンとか玉ねぎとか、マッシュルームとか……ピーマンもいいかな」
「ええ。でも野菜は適量にして。あまり多すぎても邪魔になる。お店に来る人は別にナポリタンを食べて健康になりたいわけじゃないから」
「うん」
「だけど、絶対にやって欲しいのはケチャップの処理」
「ケチャップ？　普通のケチャップを使っていると言っていたよね」
「ええ、メーカーは自分の好みでいいと思う。だけど、少し多めに一人分大さじ二杯以上……まあ、うちの店では最後の〆に出すくらいだから、スパゲッティは乾麺で五十グラムくらいなのね。普通に一人分、百グラムくらい使うんだったら、ケチャップはその倍、大さじ四、五杯は必要かも」

「結構使うんだね？」
「そのケチャップをフライパンでよく炒めるの。煮詰めると言った方がいいかな」
登美子はその様子を身振り手振りを加えて説明してくれた。
「じっくり炒めたケチャップと麺、具をからめたら、最後にバターをひとかけら入れれば完璧」
「ありがとう」
こんな大切なレシピを教えてくれるなんて。
元……とはいえ、夫婦というものは悪くないものだとやっと思えてきた。
メモを見ながら、材料をチェックする。できたら、帰り道でさっそくそろえて、今夜にでも作ってみよう。
「あのね」
「うん」
顔を上げて、一瞬のうちに気づいた。
しまった、と。
こういう感覚には時々襲われることがある。登美子は……一言で言うと、思い詰めた顔をしていた。
「あの頃のこと、覚えてる？」
彼女は絞り出すように声を出した。
あの頃……どの頃？　と聞き返すまでもないし、聞き返すこともできない。
離婚した元夫婦が「あの頃」と言ったら、やっぱり、二人が結婚し、そして、離婚した頃だろう。
「いや、まあ……」
「私、最近思い出すの、あの頃のこと……」
いいことだろうか、悪いことだろうか。
彼女の表情を見ると、後者のような気がした。いや、もしかしたら前者かもしれないが、悪いことを予想していた方が衝撃が少ない。
「何を？」
純一郎もたぶん、絞り出すような声になっていたと思う。
「本当のところ、何が問題だったと思う？　私たち……」
「え？」
今頃、それか。
「離婚の原因。なんだったと思う？」
登美子は、本当はこれが聞きたくて呼び出したのかもしれない。
純一郎は頭の中をフル回転させる。
あの頃、いや、あの時、俺は本当のところ、何を離婚の理由にしたんだっけ。
登美子は地方に取材に出ていて、そこから帰ってきた日の夕方、日曜の晩だったことは覚えている。
「実は……離婚したいんだ」と切り出したあと、自分は何を……？　亜希子のことはちゃんと言ったんだっけ？　今、好きな人がいる、だとか、会社の女の子とできてしまっただとか。

いや、そこまでは言わなかった。ことによってはそれも辞さない覚悟だったが、登美子の方がすぐに「わかった」と言ってくれたので、あまりちゃんと話さなかった気がする。

たぶん、登美子は気がついていた。お互い忙しくて、同じ家にいても、夫婦が別々の方向を見ていたことに。

純一郎が彼女と別れたあと、一年後には再婚し、そのことはすぐに伝わっていただろう。離婚して、すでに二十年以上経ち、再婚後できた娘の亜里砂は再来年には就職だ。そして……後妻である亜希子とも離婚の危機だ。

ヘタなことを言ってやぶ蛇にはしたくなかった。

「……それはいろいろあるだろうけど」

やっと出てきた言葉はそんなものになってしまった。登美子の出方を知りたくて、ちらちらと上目遣いに反応を見る。

彼女は頬杖(ほおづえ)をついて、喫茶店の二階の窓から外を見ていた。たぶん、そこからは赤羽駅のロータリーが見えるはずだ。何を考えているのだろう。

「そうね」

小さくうなずいた。そのまま何も言わない。

「……とはいえ、悪いのは俺だ」

たまらなくなって、純一郎は言った。やはり、謝らないわけにはいかなかった。

だって、本当にそうだから。ごまかせなかった。

「登美子は一つも悪くない……すまない」

「そうでもないのよ」
「え？」
慌てて、顔を上げる。彼女は駅の方に視線を当てたまま、苦笑いのような表情を浮かべていた。
「……ずっと思っていたの。ちゃんと話しておかなくちゃいけないなって」
「どういうこと？」
「あなた、ずっと罪悪感あったんじゃない？」
当然、知っていたのか。不倫のことは。でも、これを素直に受け取っていいものか。
まごまごしているうちに登美子が言った。
「……正直、あなたでは物足りなくなっていた」
え？　心の中で声を上げた。
「仕事も順調だったし、外でいろいろな人にあって、自分も成長しているっていう自覚もあった。これからどんどん上に行きたいし……もちろんあとでね、思い上がりだったって気づいたんだけど」
「そんなことないよ」
「だから、あなたから離婚を切り出された時は正直、ほっとした。渡りに船だって思ったの」
何も言えない。
「それなのに、あなたのせいにしたままで二十年以上過ぎてしまった」
「いや、俺は……」
謝ろうとしたけど、登美子の目の光が強くて、口を閉じざるを得なかった。

「まわりにもね、あなたが悪い、あなたから離婚を切り出されたんだって報告して……傷心の女を演じました。もしかして、結構、非難されたりしたんじゃない？」
確かに、彼女との共通の友達……大学時代の友人たちの中には離れていったものもいた。あれは離婚を嫌ったのかと思っていた。
「あのあと一人で生きてきて、若い頃の自分がどれだけいい気になっていたか、気がついた」
「いや、登美子は立派だよ」
純一郎はそれしか言えなかった。
「……こちらこそ、そんな苦労してきた君に、気楽にナポリタンの作り方を教えてなんて言って、申し訳なかった」
登美子はうっすらと微笑んだ。それは「いいのよ」と言っているかのようだった。これが、登美子が言った、「わかっていない」ことだったのだろうか。

駅前で登美子とは別れた。
彼女に背を向けたとたん、ふっと思った。これが最後かもしれないな、と。
登美子、前の妻と会うのはこれが最後かも。
偶然、すれ違うことはあるかもしれないけど、そして、浅草の店に行けば必ずそこにはいるのだけども。
——たぶん、きっと最後だろう。
振り返ると、もう、彼女は人混みに紛れていて、どこにもいなかった。心が小さく痛んだ。

うん、まあ、こういう時は喫茶店だ。

純一郎は歩き出す。

二軒の喫茶店に行って、トーストをしっかり食べたあとだったけど、もう少し何か食べないと気持ちが持たない。

赤羽に来ると決まってから、一応、喫茶店についてはスマホで検索した。古くからフルーツサンドの名店として知られている場所を調べてあった。

――フルーツサンドは少し前にやたら流行ったけど、本当の老舗のフルーツサンドというのはどういうものだろう。

赤羽駅の西側を線路に沿って歩く。緩く坂道になっていて、汗が噴き出した。ラーメン屋やファミレスなどが軒を連ねている先に、その店はあった。

店の前面がほぼガラス張りで、中にもまた冷蔵のガラスケースがあり、様々なフルーツが並んでいる。

――なるほど、ここは昔、果物屋だった。それで喫茶店も始めたのか。いわゆるフルーツパーラーのはしり、なんだ。

中に入ると、冷房が強く効いていて、ちょっとほっとする。

純一郎の他には、店の奥の席でトーストと飲み物らしきものを口にしている、老年の夫婦がいるだけだった。四人掛けのテーブルに案内された。

「いらっしゃいませ」

落ち着いた感じの女性が水を運んできてくれた。小ぶりのグラスの氷水の中にはレモンが入っていた。

「お決まりになったら、お呼びください」

厚みのあるメニューを広げると、自分たちで撮ったとおぼしき写真がたくさん貼ってあった。手作り感満載だ。

コーヒー、紅茶などの飲み物は四百五十円から、パフェやフルーツ・カクテルなど果物をふんだんに使ったデザートは九百円前後、他にナポリタンやミートソースなど食事もできる。

――やはり、ここは名物のフルーツサンドにするかな。それにホットのブレンドコーヒーにしよう。

「すみません」

軽く手を上げて、「フルーツサンドとホットコーヒーください」と注文した。

メニューを閉じようとして、ふっと気がつく。メニューのラストに「お食事の方、コーヒー・ティー二百五十円」という表記があった。

――ん？　ということは、フルーツサンドとコーヒーで千百円なのか……。意外と安いなあ。

しばらくすると、コーヒーだけが運ばれてきた。

一口、口に含むと、酸味が感じられ、その奥に苦みもあるコーヒーだった。

――これはフルーツ系のスイーツによく合いそうだ。

追って、フルーツサンドがやってきた。

「あ、大きい」

テーブルに置かれたそれに、思わず、声が出てしまった。

楕円形の皿に、三角のフルーツサンドが六つ。どれもにきれいに刻んだフルーツと生クリームがどっさり挟まっている。一つ一つのボリュームがあるし、サンドイッチ用とはいえ、食パンが六枚使われている。

——いや、これはすごい。本来だったら、二人で来て半分ずつ分け合って食べるのが正解かもしれない。

もう一度、メニューを広げてみる。ケーキはチーズケーキ、アップルタルト、モンブラン、チョコレートケーキなどいろいろあるが、一つ三百五十円。

——老舗のフルーツパーラーだと緊張していたけど、なかなかリーズナブルな店だ。

さすがだなあ、と思いながら、サンドイッチをつまんで頬張る。首を皿の上に伸ばすようにして、中身がこぼれ落ちないように気をつけなければならない。そのくらい中身が多い。

「うまい」

イチゴ、りんご、みかん、バナナ、メロン、パイナップル……ざっとわかるだけでもそれだけの種類の刻んだフルーツが生クリームを使ったホイップクリームに混ざっている。フルーツの大きさは様々だ。たぶん、それぞれの甘みや歯触り、風味などを勘案して、大きさを決めているのではないだろうか。クリームはどちらかと言うと柔らかめ、甘みは控えめだ。

——これ、好きだなあ。

フルーツサンドが流行った時、娘か妻が買ってきて皆で食べたことがある。確か、甘みの強い大ぶりにカットされた超高級フルーツが、パンに挟まれていた。写真にきれいに写るように、断面が美しかった。「かわいい、かわいい」と娘が激しくシャッターを切っていたっけ。

――あれはあれでおいしいが、ちょっと食べにくいし、くどくなる。何より、値段が高い。ものによっては、一切れがこれ全部と同じくらいの値段だったんじゃないか？　こうして細かく刻まれていると食べやすく、いろんなものが口の中に入って、すべてが混じり合って溶け合う。俺はこれの方がずっと好きだなあ。
　さすがに、テレビや雑誌、専門書などでも取り上げられる、有名フルーツパーラーだと感心して、もう一切れを食べていた時だった。
　ドアが開いて、二人の中年女性が入ってきた。
「いらっしゃいませ」
「あのね、焼きそば二つちょうだい。それから、アイスコーヒーね」
　彼女たちはメニューを見もせず、テーブルに座る前に、カウンターの中の店主たちに言い放った。
　思わず、フルーツサンドを噴き出すところだった。
　有名老舗フルーツパーラーだとか関係なく、焼きそば頼んじゃうお客、とてもいい。きっと常連客なんだろう。
　そう、ここは、おしゃれな喫茶店でありながら、街の身近な喫茶店でもあるのだ。
　しばらくすると、店の奥から金属が当たる、かちゃかちゃという音がしてきた。たぶん、中華鍋を振っている音だ。
――このフルーツサンドを作った店主が、焼きそばも作っているんだなあ。

できあがった焼きそばをお盆にのせて、店の女性が運んでいるのを見た。一見、何の変哲もない焼きそばだけど、野菜がたっぷり入っている。それに、サラダとカップスープが付くようだ。

——いい店だ。フルーツサンドを始めとした、果物のメニューという大看板がありながら、街の人が気楽に焼きそばを食べに来て、おしゃべりするような場所でもある。たくさんの店を見てきた。どこもすばらしかった。そして、ここもまた、純喫茶の最高峰ではないだろうか。

こんな店を経営できる老後はどんなに豊かなことだろう、と純一郎は思った。

絶対無理だし、同じ店を作ろうとも思わない。でも、何か一つ、それを目当てに店に来てくれるようなメニューがあったら。

何か、自分の中に確固たるイメージが固まりつつあるのを感じた。

十月　夜十時の池袋

以前勤めていた会社の同期会があって、松井が千葉から出て来ることになった。

松井とはともかく、正直、同期たちと会うのは気が重い。

——こういうの、いつぶりだろう？　十年以上なかったんじゃないか？

三十代の頃は、結構やってた気がする。同期会。仲間の結婚や子供が生まれた時、転勤で地方に出たり、東京に戻ってきたりのタイミングで……だけど、ずっとなかった。

四十過ぎたら、皆の差が……会社員としての差、家族の差、子供の差、そして、人間としての差……さらには口には出せないが、たぶん、資産の差。そんなものがどんどん増えて、大きくなって、気楽に飲めなくなった。

もちろん、今だってそれはまったく変わっていない。さらに同期の中で、松井と自分だけが早期退職してしまった。ただ変わったのは。

——皆の気の持ちようかもしれないな。絶望と言ったら言いすぎか……諦念？　もう皆、定年近くなって、じたばたしてもしかたない、お互いに、という気持ちになっているのかも。やけくそ、というか。

学生の頃読んだ太宰治の小説の中の「諦念」が、何十年ぶりかで松尾純一郎の頭の中をよぎった。当時はちょっとかっこいい言葉だと思っていたのだが、今は自分の中にしっくりと溶け込む。

同期会の少し前に、松井と落ち合って話をすることになった。向こうから誘ってくれたのだ。会は夜七時からだから六時頃に近くのカフェで待ち合わせた。

「松尾ー！」

店に入って入口でコーヒーを買っていると、奥の方から彼の声が聞こえた。端のテーブルに陣取ってこちらに手を振っている。傍らには大きな紙袋がいくつかあった。

「待たせたか？　悪いな」

謝りながら、前に座った。

「いや、久しぶりの東京だからさ、なんだか、嬉しくて早めに出てきちゃった。お前とも半年ぶりだな」

確かに、心なしか松井はうきうきしているように見えた。

「大きな書店に行ってさ、いろいろ見て回って……」

「千葉にだって大型書店くらいあるだろ？」

「そりゃ、そうなんだけどさ、自宅の近くにはないし、東京のはまた違うのよ」

口調が軽い、やはり、本当に嬉しいのだろう。

「そういや、今日はなんで池袋なんだ？」

松井は首をひねる。

「知らないのか？　ほら、達男がさ」と思わず、今日の幹事の名前を挙げる。呼び捨てになっていた。

「池袋の近くに家を買ったのよ。歩いて池袋まで来られる、って大得意なんだから」

「ああ、そういうことか。うちにも引っ越しの案内が届いたよ。そりゃ、歩けるには歩けるが、二十分以上かかるんじゃないの？」

「それ言っちゃダメ。たぶん、今夜も自慢してくるから、ちゃんと聞いてあげないと」

「わかった、わかった」

お互い、声を上げて笑ってしまった。決して、達男をけなすわけではない。面倒見がよく、気のいいやつなのだが、昔から「会社に歩いて通える」「今度の家は東京タワーが見える」など、妙に家の立地にこだわる男なのだ。

そして、彼は部長になって、同期の中で最初の取締役にもなっていた。こう言ってはなんだが、それは一番出来が良かった松井が早期退職したおかげだった。

そういうさまざまな「含み」を持って、今回の同期会は開催される。

だけど、大笑いできたことで、二十代に戻れた。

同期は二十人ほどだが、今日はその中の八人が集まると聞いている。仕事で来られないやつもいるし、地方に転勤になっているやつもいる。なんだかんだ理由をつけて来ないやつもいる。

「どう、孝子さんは元気？」

笑いが収まったところで尋ねた。

「……あ、うん」

小さく顔を曇らせたのが気になった。
「大丈夫？」
「うん、まあね」
話したくないなら、と思ってそれ以上は聞かないことにした。
「松尾の方は最近、どうなの？　亜希子さんたちとは連絡取ってる？」
「それが……」
答える前に思わず、はあっとため息が出る。
「いや、無理に話さなくていいけど」
松井はさっと顔色を変えた。
昔からこういうところ、すごく敏感で繊細なやつだったな、と思い出す。だからこそ、出世し、さらには早期退職したのかもしれないが。
「いいんだよ。聞いてもらいたい」
愚痴を聞いてもらえるところはなかなかない。
「今、実は亜希子に離婚を言い渡されていて……」
彼女たちが出て行ったところまでは話してあった。その後のことを、亜希子の主張や不満も交えて説明した。松井は腕を組んで、うんうんと相づちを打つだけで、黙って聞いてくれた。おかげでとても話しやすく、思わず、亜里砂のことまで話してしまう。実は、娘が、自分が雇っていたアルバイトの学生と今付き合っていることを……。
「なるほどねえ」

松井は組んでいた腕をほどいて、つぶやいた。
「本当に八方塞がりだよ」
「そうかなあ、僕にはなんだか、松尾がちょっとうらやましい」
「え」
「前にも言ったかもしれないけど」
「あ」
確かに、前に会った時、帰りの車の中でそんなことを言っていたか。結局、理由はわからなかったけど。
「まず、亜希子さんのことはおいておいて、亜里砂ちゃんのことから考えてみようか」
「うん」
なんだか、すっかり、松井のペースに巻き込まれながら、ただうなずくことしかできない。
「その青年……彼はいい人なんだろう？　他の人に紹介するくらい」
「まあね」
それはわかっている。現実的で、ちょっと純一郎のことを軽く見ているきらいはあるが、彼は仕事ができるいい青年だ。一緒に働いている時、遅刻や無断欠勤は一回もなかった。
「それが一番重要じゃないか。そんないい青年……人柄も良く、それもわかっているような人と、亜里砂ちゃんが付き合っているなんて」
「亜里砂にはまだ早すぎるよ」
思わず、本音がもれた。松井は苦笑する。

「いや、こう言ってはなんだが、娘はいつかは旅立つんだよ。いや、子供たちは、と言ったらいいか、必ず、どこかに行ってしまう。それが早いか遅いか……いいところにか……悪いところにか。その差しかないんだよ」

後半、松井の言葉が重くなった。

「あと子供のことに比べたら、正直、妻のことなんてあまり大きなことじゃないよ」

「え?」

思わず、大きな声が出てしまう。

「妻は……やっぱり、なんだかんだ言って他人だよ。子供はいつかは旅立つと言っても、絶対に縁は切れないけど、妻から離婚したいと言われたら、それを止めることはできない」

「そんな……」

松井の顔はどこか……覚めていた。

「なんだか、松尾の話を聞いていたら、本当のことが話したくなった」

口調が少し変わった。

「どういうこと?」

「……うちの子……うちの一番下の子さ、息子、引き籠もってるんだよね」

「引き籠もり……」

純一郎ははっとした。あの千葉の家……。二階には案内されなかった。

「もう、小学生の頃からずっと」

「そうだったのか」

「そして、それは全部、僕のせいなんだ」

「松井の？　どうして？　どういう意味？」

松井はちょっと目をつぶった。何かを考えていた。

「話せないなら、別にいいんだよ」

「うーん」

しばらく迷った末に、松井は言った。

「……聞いてもらおうかな。今まで誰にも話したことはなかったけど」

「いいのか？」

「言うまでもなく、誰にも話さないで欲しい。これだけは頼む」

「わかってるよ。話す相手もいないしな」

松井は重い口調で話し始めた。

「実はさ……僕、昔、地方に転勤になっただろう？」

「ああ」

当時は出世コースに乗っているものは、ずっと東京勤務というのが当たり前だったから、皆、びっくりした。彼が四十代半ばのことだ。

「あれは完全な懲罰人事だった」

「え、そうなのか？　ぜんぜん知らなかった」

純一郎もあの頃、地方にいたし、そういう話は聞こえてこなかった。

「ああ、ものすごい箝口令（かんこうれい）がしかれたからな。たぶん、知ってるのは当時の人事部長と社長くらいだよ……そして、もう一人」

松井は身体のどこかが痛そうな顔をして、首をひねった。

「あの頃……僕は本社で、同期の中で最初の課長で……ちょっとおかしかったんだろうな。激務だったし、いい気になってた」

「松井が？　そうだったのか？　信じられない」

いつも謙虚な男だったのに。

「ああ、なってたよ。だけど、表面上はそれを誰にも悟られまいとしていたし、絶対に出せなかった。でも、それでさらにひずみが生まれたんだ……僕がただ一人、本音を話せたのが彼女だった」

「彼女？」

孝子さん？　と言おうとして、口をつぐんだ。松井の目がそれをさせなかったのだ。

「ある女性、としか言えない。今は幸せな結婚をして家庭を築いている人だから。社長の近くにいた人、と言っておこう」

ああ、と思った。たぶん、社長室の誰か……秘書の誰かなのだろう。

「社長の肝いりの案件を引き受けることになって、部屋に出入りしているうちに親しくなったんだ。ああいう人と親しくなることも大切なスキルだった。優先的に社長室に入れてもらったり、部屋を用意してもらうことが結構、大きいんだ。彼女はとても頭のいい人だったし、そういうところ、できた人だったからね。気がついたら、戦友のようになり……」

彼は口を閉じたが、そのあとは予想ができた。つまり、男女の仲になった、ということだろう。

「彼女はすでに三十を越えていて、関係が深まるうちにいろいろ思い詰めたんだ。ものすごく仕事のできる人だったから、二人の仲を漏らしたりはしないと勝手に思っていたんだが……彼女の口から社長に伝えられ、僕は地方に飛ばされることになった」

「そういうことだったのか」

驚いた。それ以上、言葉が見つからなかった。

「……孝子にもばれたよ。転勤の理由を話さないわけにはいかなかったし、社長からも、彼女を守るために会社内では絶対にばらさないが……ああ、彼女は社長のお気に入りだったんだ、それも社長の怒りに火をつけた理由だった……ちゃんと妻には話すように、と言われたんだ」

彼はため息を一つついた。

「それが僕への罰だと」

「なるほど」

「転居先の学校で、息子はいじめられ、不登校になって、そのままずっと引き籠もりになってる……とはいえ、その理由はいじめだけではないと思う。もともと、あの頃は家の中がぐっちゃぐちゃだった。僕が激務で家を空け、家庭をおろそかにしてること……気持ちが家庭に向いていないことは子供たちにも伝わっていたと思うから」

「そうだったのか」

「その後は地方への転勤をこちらから願い出た。少しでも家族と一緒にいられる時間を作りたかったし、学校を替えれば息子も行けるようになるんじゃないか、という淡い望みもあってね。実際、学校を変わって、数日間は行けるんだよ。だけど、すぐに行けなくなる。娘たちは中高生になっていたから、なんとか頑張ってくれたが」
　相づち以上の言葉も下手に発せなかった。
「今回の千葉行きも半分は息子のためなんだ。ああいう場所でのんびりしたら少しは気が晴れると思ったんだが」
「……孝子さんは？」
　おそるおそる尋ねた。
「孝子は表面上は許してくれてる。気丈な人だからね。だけど、時々、怒った時なんかに、言葉の端々にそれが出るんだ。あなたのせいだ、と」
　最後に松井は小さく笑って言った。
「……もう嫌われたかな、がっかりしただろう？　僕は松尾が思ってくれているような、立派な男じゃないんだよ」
　そんなこと、不倫バツイチの自分に言えるわけがない。
「冗談だろ。何も変わらないよ」
　力強く答えた。

　同期会はそれほど盛り上がらなかった。居酒屋の狭い個室に八人の男が詰め込まれ、心の奥底に気まずさを抱えながら、如才なく話をつなげているような会だった。
　七時から始まって、九時には終わった。二時間制で、店員が「こちらでラストオーダーでいいですか？」と尋ねに来ると、ほぼ全員が「いいです！」と声を合わせた。その時、他の人も同じように感じているのを知った。皆、どこか疲れて、やれやれという顔をしていた。

——もう、二度とないかもしれないなあ、同期会。

その中で松井はずっと明るかった。純一郎は離れた席から、ずっと穏やかな笑顔の親友を、心配しながら見守っていた。

店の前で皆と別れた。

——もう少し、飲んでいきたいなあ。

純一郎は池袋の街をぶらぶらと歩いた。ふっと「おいしいコーヒーの店」「おいしいコーヒーをどうぞ」と書いてある看板を、駅前で見つけた。

「……コーヒーでもいいのか」

酒はもう飲んできた。これ以上飲んだら、悪酔いするかもしれない。

「いや、コーヒーの方がいい」

矢印に従って、二階の店に上がった。ドアを開けると、テーブルは八割程度、塞がっている。金曜の夜とはいえ、結構、混んでいる。

「一人です」とウェイターに指を立てると、「そちらにどうぞ」と窓際の席を示された。

茶色い木製でえんじ色の布が張ってある椅子に座ると、なんだか、ほっとした。

コーヒー一杯飲めればいい、と思って入ったのだが、ラミネート加工されたメニューが三枚あって、うち二枚は表裏に品書きが並んでおり、意外といろいろなものがそろっている。

特に一枚には鮮やかな写真入りでエビピラフ、カルボナーラ、ミートソース、喫茶店のナポリタン、喫茶店のビーフシチュー、喫茶店のクリームシチュー、喫茶店のオムライス……とフードメニューがびっしり。スープ、サラダ、ドリンクなどが付いて九百七十円から千円。
——池袋の駅前でこの値段……まあ、いろんなチェーン系の店がある場所だから、大変なんだろうなあ。正直、あまり味の方は期待できないが。
しかし、見ていたら、ぐうと腹が鳴った。純一郎は、自分が同期会であまり食べていなかったことに気づいた。
——酒ばかりあおっていたんだ。あんまりうまそうなものも出なかったし。
注文を取りに来たウェイターについ頼んでしまった。
「ええと、この喫茶店のオムライスと……コーヒーで」
——まあ、どうせたいしたものじゃないだろうが、玉子とケチャップがあればなんとか食べられるだろ。
注文が終わると、ぼんやりと店の中を見回した。
ちょうど入ってきたのは、中年男性と若い女の二人組。背が高く痩せた女はパサパサした金髪を背中まで長く伸ばし、丈の短いタンクトップとミニスカート姿で、背中も腹も見えている。一方の中年は中肉中背、少しくたびれたスーツの他は特筆すべきものはなし……。
どういう関係だろうか、いわゆる出会い系ってやつか、と考えたところで、いやいや、と首を振る。
親子かもしれないじゃないか、実際、純一郎だって娘と歩いていたらあんなふうに見えるかもしれない。
隣のテーブルから「ぜひ、ご提案させてください！」という声が聞こえてきて、はっとして目をやる。こちらは中年の恰幅（かっぷく）のいい男とその妻らしい女、向かいには若い男が座っている。声は若い男が発したらしい。

「ええ。私どもも、いろいろ教えていただきたくて、こうして東京まで参りましたので」

「今後、そちらにうかがわせていただいて、さらにお話を聞いて、それからいろいろとプランニングして……」

こちらは商談らしい。おおかた、地方で何か会社か店でもやっていて、あまり調子がよくなく、この若い男のアドバイスでももらおうってことなのだろう。彼はコンサルタント業なのかな……。時間が遅いということは、店の営業が終わってから来たのかもしれない。

「お待たせしました」

そこにコーヒーとサラダが届いた。

もう、いいところなのに！　と神経を隣のテーブルに集中させながら礼を言って、コーヒーをぐびっと飲む。

――ん？　うまいな。

どうせ、こういうところのコーヒー、どうせ、夜遅くまで営業をしていることがウリの店のコーヒー、どうせ、出会い系の男女が待ち合わせで使うような店のコーヒー、どうせ、なんの努力もしなくても客はわんさか押し寄せそうな場所のコーヒー、どうせ……。

きっと、大型のコーヒーマシンで大量に淹れて、そのまま煮詰まろうが、時間が経とうが、気にせず客のカップに注いでいるんでしょ？　と思って口にしたのだが……。

――めちゃくちゃうまい。さっぱりとした万人向けの、酸味も苦みもあまり強くない、でも香りがちゃんとあるコーヒーだ。ぐいぐい飲めてしまうし、毎日飲むならこんなコーヒーを飲みたい……そんな味だ。

いやいや、と思った。たまたま、純一郎のコーヒーが淹れたてのタイミングだったのかもしれない。

サラダを引き寄せて食べてみる。手のひらほどの小鉢にキャベツの千切りとレタスに醤油(しょうゆ)ドレッシングという定番のサラダだ。

――うまい。こんな時間なのに野菜がみずみずしい。レタスもキャベツもたぶん、店の厨房で調理され、あまり時間が経っていない。こりゃ、ちゃんとした店だぞ。

驚いているうちに、オムライスとスープが運ばれてきた。先ほどのウェイターではなく、コックコートを着た初老の男性が持ってきてくれた。

オムライスはチキンライスにオムレツがのり、ケチャップがたっぷりかかっている。確かに、メニューの写真通り。いや、ずっときれいだ。

――一見、きれいにできているけど、それは形だけで、カッチカチのオムレツなんだろうなあ……。

そう考えながら、一応、フォークで真ん中を割ってみる。すると、驚くほどきれいに二つに割れて、とろりとチキンライスの上に広がった。

――これ、ちゃんとした料理人が作ったやつだ！　いや、侮れない店だぞ。

今度はスプーンですくって一口。

もう何も疑いはなく、ちょっとしたホテルのレストラン、有名な洋食店で出てきてもおかしくないレベルのオムライスだった。

——うまい。ケチャップの量も多すぎるかと思ったけど、ちょうどいい。さっぱりしたコーヒーとも合うなあ。

もしかして、さっき運んできてくれた初老の男性が調理人なのかなあ、と勝手に考える。感謝の視線を厨房の方に向けた。

いずれにしても、また来て、すべてのフードメニューを試してみたい店だ、と思った。たぶん、全部おいしく、手間がちゃんとかかったものだろう。

——松井を誘えばよかった……。

なんで俺は、松井に声をかけなかったのだろう。せっかく東京に来ていたのに。今夜、千葉に帰ると言っていたが、うちに泊まってもらってもよかった。こういう店で一晩中語り合ってもよかった、二十代の頃のように。

彼をあんな気持ちのまま帰してしまったことが悔やまれた。

そんな気持ちが、もう少し「飲みたい」という気持ちにつながった。

二十四時間営業の喫茶店はないかな、とネットで探すと、新宿三丁目の店が見つかった。ここから急行で一駅、駅からすぐらしい。

——せっかくだから、今夜は深夜喫茶のはしごと行こう。

地下鉄の階段から上がってすぐのビルの二階だった。ドアを開けると、こちらは白を基調としたインテリアでとても明るい。だからだろうか、ホールは二十から三十代の女性が中心、調理などは男性がしているようだが、池袋の店とはまったく雰囲気が違う。

席に着くと、ウェイトレスにメニューを渡されながら、三時間ごとに新しいメニューを頼む必要がある、と告げられるが、悪い気がしない。なんでだろう。店名に「貴族」を謳(うた)っているだけあって、接客が丁寧だからだろうか。

メニューを開きつつ、店内をぐるりと見渡せば、またもや個性的な客たちがそろっている。

純一郎の前には四人組のお年寄り、だいたい七十代後半から八十代だろうか。男性が一人で女性が三人というハーレム状態である。もしかして、あのくらいまで生きているとモテるようになるのではないか、という希望を持たせてくれる。そして、その隣には両腕にびっしりタトゥーが入っている若い男性、一人で何か熱心にスマホをいじっている。

純一郎の隣は中年男性で、ものすごく荷物が多い。大きなビジネスバッグというか、小さめのスーツケースというか、そういうのを二つ持っていて、さらにぎっしり荷物の入ったエコバッグがあって、テーブルの上にノート型パソコンを広げ、それを見ながら、スマホで配信をしている。

「テレビでディレクターをしております、サトウと申します。今日はいちごっちちゃんと合同で配信をしたいと思いまーす」

その大きなバッグの一つが純一郎のテリトリーをかなり侵食していて、あまり気持ちのいいものではない。いい歳をして、「いちごっちちゃん」ときゃっきゃはしゃいでいるのも見苦しい。しかし、それはそれとしてやたら楽しそうではある。

——ここにいる人たちは少なくとも俺より幸せそうだ。

メニューは大きく、まるでファミレスのよう。

店の名前をつけたブレンドを始め、さまざまなコーヒー紅茶がそろっており、また、コーラやクリームソーダなどの冷たい飲み物もある。一番安いブレンドコーヒーでも九百円と、前の店のセット並の値段ではあるが。

──まあ、駅前の好立地と二十四時間営業というところについた値段だろう。

「ご注文、よろしいでしょうか」

ウェイトレスが聞きに来てくれたので、少し迷いながら、「ではブレンドコーヒーとバナナクレープをいただきます」と注文した。

飲み物の値段が高い割に、クレープやケーキなどのデザート類は五、六百円とお手頃だ。

──やっぱり、飲み物代がイコール場所代なのだろうなあ。

小ぶりの白と金のコーヒーカップがうやうやしく運ばれ、そのあと、サイフォンで淹れられたコーヒーがその容器ごと運ばれてきて注いでもらえる。香り高く、酸味が少ない、ほろ苦さのあるコーヒーだ。

──若かったら、こんなところで時間を潰しながら、始発までコーヒーを飲みたかった。

バナナクレープは、薄いクレープでバナナと生クリームを巻いてあり、その上にまた生クリームと刻んだキウイやパイナップルなどのフルーツがのっている。優しい味のクレープに、酸味のあるフルーツを一緒に口に入れるとおいしい。

こうして人生の時間を潰す、というのも喫茶店の大切な役割だ、と思う。

目の前にいた、四人の老女老男たちは気がつくともういなかった。終電前に帰ったのだろう。しかし、すぐに別の男性たちの集団が座っている。でもタトゥー男はまだスマホをいじっているし、隣の配信男は相変わらず「いちごっちちゃんの好きなサッカーチームはどこですか?」とやっている。

——元気だなあ、皆。

先月、元妻に教えてもらったナポリタンはまあまあうまく出来るようになった。最近、休日はそればかり食べている。

店で出しても、まあまあ恥ずかしくない味ではないか、と思ったり、今はまたサラリーマンなのだ、何を考えているんだ、と思ったり、する。

冷めてきたコーヒーに、めずらしくミルクと砂糖を入れて、くるくるとスプーンでかき回して一口する。

——本当は、また、喫茶店をやりたいんだよなあ、俺は。

だけど、そんなことを言ったら、きっと亜希子には叱られるだろう、と思う。でも、その妻にはもう離婚を言い渡されているし、どうしようもない。

——会社に勤めようが、また、喫茶店を始めようが関係ないなら、好きなことをやった方がいいんじゃないか。

でも、先立つものがない。お金の方はほとんど亜希子に持っていかれてしまった。

妻はやっぱり、なんだかんだ言って他人だよ。子供はいつかは旅立つと言っても、絶対に縁は切れないけど、妻から離婚したいと言われたら、それを止めることはできない……さっき、松井から言われた言葉が急に思い出された。

——そんなものなのか、俺はまだ、亜希子たちにはそこまで思い切ることができないでいる。

また、コーヒーを一口飲み、クレープを一口食べ、その合間に考え……いちごっちちゃんとの配信が耳に入ってきたり、ざわざわした店の中を見回したり。

純一郎の秋は更けていくのだった。

十一月　朝の京都

三ヶ月ぶりにさくらから電話があり、できたら次の週末、「カフェドローフ」で働いてくれないか、と言われた。人が足りないらしい。

「次の週末って……明後日(あさって)じゃないか。どうだろ？」

松尾純一郎は西新宿のあたりを歩きながら、思わず、首をかしげ、立ち止まってしまう。

「うちの会社、副業はできるのかなあ。入社の時に特に話はなかったけど……古い体質の会社だから、ダメな気がする」

「……おおげさねえ。副業ってほどのものじゃないじゃないの」

さくらは低い声で笑った。

「だけど、万が一、見つかったり漏れたりしたら……」

「そんなに心配なら、無給でもいいんだけど？」

からかうような声だった。

「まあ、そうだな……いや、斗真君たちはどうしたの？」

彼はあれからずっとさくらの店で働いているはずだ。さらに近所の大学に通う女子学生を一人雇った、とも聞いていた。

「ああ、なんだか、週末は京都に行くらしいの。もう一人の彼女はテスト」

「京都なんか行くのか、彼」

意外だなあ、と思う。ああいう古い街や神社仏閣は「興味がない」とか鼻で笑いそうなやつなのに。前はそんなことはなかったが、娘と付き合っていると知った今は「やつ」呼ばわりだ。

「ええ。京都で紅葉が見られるかな、まだ早いかな、って言ってたわよ」

「そうなんだ」

「私も甘やかされたのねえ。前は一人で切り回してなんともなかったのに、一度、松尾さんや斗真君たちに来てもらうようになったら、やっぱり、それに慣れちゃって一人じゃきついの」

じゃあ、副業のことはちょっと調べておくよ、と言って電話を切った。

まあ、さくらの言うように、無償で働くなら、それでもかまわないのだが、会社の人に見られて誤解されるのも面倒だった。休日の谷中は人気スポットだから、侮れない。

これから営業に向かう会社は大きなタワービルの中に入っている建設会社で、大学の後輩が勤めている。大学の同級生に営業をかけてみると、うちでは今、おたくの工法を使えるような案件はないが、彼のところなら……と紹介してもらったのだった。

まあ、体よくたらい回しにされている気もしないでもない。でも、会社員とはそういうもの、そのあたりはあまり深く考えすぎずに行動しないと、自分がつらくなる。

ビルの一階に着くと、大量の会社の名前が書いてある札がずらりと並んでいた。そこから目当ての会社を探すのも一苦労だし、エレベーターは降りる階ごとに分かれているから間違えないようにするのも、これまた一苦労だった。やっと目的の建設会社の受付まで来ると、ほっと息を吐いた。いくつかの会社が共同で使っているらしい会議室に案内された。

後輩で同じ学部に在籍していたとはいえ、学生時代には確か、一度か二度、サークル関係の飲み会で顔を合わせたくらい。それでも顔を合わせれば思い出話になり、校内に数ヶ所あった学食のどこでつるんでいただとか、研究室はどこだったか、などの話でも盛り上がった。小一時間話し、思っていたよりもずっといい手応えがあった。次はもう少し上の人にまた「紹介する」という言葉まで手にして、そのビルを出た。

普段なら、もう少し喜んで、下手したらスキップしながら帰社したいような出来なのだが、なぜだろう？　どうも、喉に小骨が刺さったように、何かが気になる。

電車に乗っても、会社に帰って成果を年下の上司に報告しても、何かすっきりしない。

違和感はだんだん、大きくなった。

こういう時、純一郎は一つ一つ記憶を探って、何が自分の心に刺さっているのか、考えることにしている。

後輩と話したこと、彼を紹介してくれた同級生、その前に電話をくれたさくら……。

「ああ」

やっと気がついて、声が出てしまった。

仕事を終え、帰宅し、飯を食って風呂に入って、寝室に行って電気を消し、ベッドに入った時だった。

——娘の亜里砂は京都が好きだ。いや、元々は妻の亜希子が好きで、家族や母娘で通っているうちに、いっぱしの京都通になった。

思わず、半身を起こして電気を再び点けた。

「そうだ、たぶん」

スマートフォンを取り出して、震える手で妻（今はいろいろとある妻であるが）にＬＩＮＥをする。

——週末だけど、亜里砂はもしかして、旅行にでも行くのかな。

向こうも起きていたのか、すぐに既読になったのに、返事は来ない。

急に、いったい何を言ってるの？　そんなことより、サインした離婚届を送ってよ、とでも思っているのかもしれない。

十分ほど待って、やっぱり返事が来ないので、もう一度送った。

——急にごめん。だけど、どうしても知りたいんだ。今週末、亜里砂は京都に旅行に行くって言ってないか。

既読もつかなかった。

しかたなく、純一郎は電気を消し、布団をかぶって目をつぶり、むりやりにでも寝ようとした。なかなか寝付けなかったけれど、起きていてもＬＩＮＥは既読にさえならないし、諦めた。

翌朝、もう一度、ほぼ同じような内容で、かなり下手に出たメッセージを送った。

——今、現在、俺たちの間にある問題については申し訳ない、まだ結論は出ていない。ただ、それはおいておいて、これだけ聞きたいんだ。亜里砂は今週末、つまり明日からだけど、京都に行くか？　大切なことだから、教えて欲しい。
　すると、その日の昼頃、やっと返事が来た。
　──さあ。お友達と旅行すると聞いているけど、どことは聞いてないわ。それより、あなたはやることがあるでしょう？　ちゃんとしてよ。
　目の前が赤くなるほど、いらっとした。
　行き先がどことは聞いてない？　お前、それでも母親か！　と怒鳴りたくなる。純一郎は普段はもちろん、大きな声を出したりしない。娘の自主性を重んじているつもりだ。だけど、外泊となると少し事情が違う。それでも気持ちを抑えて返事をする。
　──その友達は誰なのか。そして、どこに行って、どこに泊まるのか、ちゃんと聞いて報告してくれ、頼む。
　──は？　あたしに命令しないで。命令するなら、あなたもちゃんとやることをやってからにしてください。離婚のことはどうなったの！　自分の義務を果たしてないのに、勝手なこと言わないで。
　頭を抱えたくなった。妻との話はいつもこうだ。大切な子供の話をしているのに、なんでお前のことになるんだよ。
　──今はそんなことを話している場合じゃない。娘のことなんだ。俺たちは親なんだから、優先順位を考えて欲しい。
　──もう返事をしません。あなたにそんなふうに言われる筋合いはありません。
　亜希子め……。

純一郎はスマホを握りしめて、立ちすくんだ。我ながら鬼の形相だろうな、と思った。

端的に、「娘が男と旅行に行くかもしれない。調べてくれ」と言えばいいのかもしれないが……さすがにそれは言いにくい。斗真が自分の知り合いというのも、最近は意思の疎通ができない妻にどう伝えたらいいのかわからないし、もしかしたら、さらに怒られるかもしれない。「だったら、なんで、それがわかった時に報告しないのよ！」とか言われるかも。さらに、娘とそういうことを結びつけて、妻と話すのがどうもためらわれた。

それはそうと、ことの発端となった週末のさくらの店での手伝いの依頼に、なんと返事をしようかと考えていたら、彼女から連絡があった。

——昨日はすみません。実は、アルバイトの女の子から週末も出てこられそう、という連絡がありました。いろいろお騒がせしてごめんなさい。

少しほっとして、「別にかまわないよ」と返事をした。

このさくらからのメッセージで落ち着き、娘に直接連絡することにした。

——ママから聞いたんだけど、明日から旅行するんだって？　どこに行くの？

最初から、こうすればよかった、亜希子なんか巻き込まないで、と思いながら送信した。

しかし……まったく返事は来ないまま、夜になった。相変わらず、既読さえつかない。

純一郎は仕事の帰りに、家の近所のスーパーで少し割引になった弁当を買って、自宅で一人さびしくしょぼしょぼ食べた。冷たいご飯とハンバーグがとても固かった。

喫茶店巡りをする以外の平日は、たいてい、こんな食事をしているのだ。

——そろそろ、こういうものを胃も歯も受け付けなくなってくるなあ。

はあ、と大きなため息が自然に出た。

娘からの返事は来なかった。

翌日の土曜日は休みなので、十時頃に目が覚めた。最近、冷えてきたからか、尿意で目が覚める。ふと、スマホを見ると、そこに娘からの返信があった。急に頭が冴(さ)えた。

——京都にいるよ。だから？

純一郎は返事をしなかった。

ただ、そのままネットのスマートEXを開き、一番早く乗れる新幹線を予約した。

京都に着いたのは、五時間後の三時過ぎだった。駅に降り立つ少し前に、新幹線から娘に連絡した。

——今、京都にいる。昔、家族で来た時によく行った喫茶店で待ってる。ウインナー珈琲を京都で最初に出した河原町の店だ。わからなかったら、連絡くれ。

京都駅から烏丸(からすま)線に乗り換えた。

約束の喫茶店に着くと、もちろん、亜里砂はまだいなかった。

小さくて古い建物で、外から見ると白い壁に青っぽいタイルが張ってある、昭和四十年代くらいの洋風の一軒家という風情なのだが、中に入るとちょっとしたお城のような……貴族の館というか、海賊の秘密の隠れ家というか、いや、ＲＰＧの中で主人公がたどり着く酒場というか……そんななんとも味わいのある場所である。

一階の一番奥のテーブルに陣取った。すぐにウェイトレスがメニュー片手にやってきた。でも、ほとんど見もせずに、名物のウインナー珈琲を頼んだ。

ほっとしてあたりを見回した。濃い茶色の木製のテーブルと椅子、椅子には赤いベルベットの布が張ってある。壁は元は白だろうけど、たぶん、たばこのヤニで茶色くなっている。テーブルの上に、水の入ったグラスと、どっしりと重いガラスの灰皿がのっているところを見ると、ここではまだたばこが吸えるのだろう。

若い時に、ほんのまねごとのように吸ったきり、今はまったく吸わない純一郎だったけれど、こうして娘を待っていると……もしかしたら、男と京都に来ているかもしれない娘を待っていると、たばこの一本も吸いたくなる。

——あいつ、今はどこにいるのやら。

気がついたら、激しく貧乏ゆすりをしていた。

「お待たせしました」

ウインナー珈琲が運ばれてきた。

この店のウインナー珈琲はすでに少しクリームが溶けているところに特徴がある。きれいに角の立ったホイップクリームではないのだ。だけど、それが逆に飲みやすく、どこかほっとする。気の置けない友達と会っているかのようだ。

——いい意味のだらしなさみたいなものも、店の魅力になるんだなあ。

娘のことでかりかりしている頭が一瞬、慰められる。

口に含むと、コーヒーは香ばしく焦げたような香りと味がする。そこにクリームがのってまろやかになる。

「ああ、おいしい」
つい、声が出てしまう。
思えば、ここに何回、来ただろうか。
京都好きの妻と娘に引きずり回されるように連れられてきた。
特に亜希子が好きな店だった。亜希子はちょっとクラシックな雰囲気が大好きなのだ。
二人がひっきりなしに、親子と言うよりまるで姉妹のようにおしゃべりするのを純一郎はただ黙って何時間も聞かされた。このあたりで二人が買い物をしている間、ここで待っていたこともあったっけ。
あの時は「いい加減にしてくれよ」とか「地獄だな……」と考えながら、二人のお供をしていたけれど、今考えると……。
——あれは、かけがえのない時間だったのだ。もしかしたら、もう二度と返ってこない時間。
そんなことをぼんやり考えていたら、すぐに二時間が経ってしまった。
この店は特にサービスもない代わりに、長居したところで出て行けと言われることもない。それは前から知っている。それでも、少し気がとがめて、何かもう一杯頼もうかと思っていたところだった。
「……いったい、何やってるのよ」
抑えられてはいたが、かなりの怒りと殺気が込められた声が頭の上から降ってきた。顔を上げると亜里砂がいた。
「あ」

店に来たばかりの純一郎だったら、「何やってる？　それはこっちの台詞だよ！　お前こそ、こんなところで何やってるんだ。誰とここにいるんだ！」と怒鳴りつけたところだろう。だけど、今はもう戻ってこない家族団らんについて思いをはせていたところだったから、とっさに返事ができなかった。

「あ、じゃないわよ。何をのこのこ京都まで出てきたのよ」

亜里砂は、顔を引きつらせている。

「……まあ、座れよ」

さすがに、静かな喫茶店で父親をさらに怒鳴りつけることはできなかったようで、彼女は腰をおろした。そして、やってきたウェイトレスに、純一郎と同じ、ウインナー珈琲を注文した。

「……お前、誰と来てるんだ」

飲み物が届き、それを娘が一口飲んだところで、純一郎は口を開いた。

「誰でもいいでしょ、あたしの勝手だよ」

相変わらず、抑えた声ながら、きつい返事をする。

「勝手というわけにはいかないよ。お前はまだ、我々の扶養に入っている娘だし」

この店でよかった、と心から思う。この店のクラシックな雰囲気に、怒鳴り合いは似合わないし、優しいウインナー珈琲を飲んでいたからこそ、こうして落ち着いて娘に話せるというものだ。

「ママはいいって言ったもん」

亜里砂は口をとがらす。

内心、亜希子の甘さに舌打ちしたい気持ちだが、それは顔に出さずに言った。

「そうか、でも、お父さんは聞いてない」

「いちいち、同居もしてないお父さんになんで報告しなくちゃならないの？」

思わず、ため息をついて、彼女の顔を見返してしまった。なんで、こんな言われかたをされなくてはならないのだろう。

しかしそのおかげで、彼女の表情をちゃんと見ることができた。言葉はきつく、顔を引きつらせているが、そこに娘の虚勢があるのを見て取った。

決して、すべてが本心というわけではないのだろう。

「お父さんはまだ、お前の学費も養育費も払ってるんだよ。そんな言われかたをされるいわれはないよ」

「結局、お金のことですか」

気が立っているのか、亜里砂はまた口答えをする。

「それも、あと数ヶ月ですよね。就職したら、もう、好きにしていいのね」

また深くため息をついてしまった。

「なんなのよ、はっきり言いたいことを言ってよ」

亜里砂はさらにいきり立った。

「ただ、心配してるんだよ。心配することもいけないのか。その資格もないのか、お父さんには」

彼女の目の中の光がかすかに揺れた。それを隠すかのように目をそらした。

「……今日は本当は誰と来ているんだ。斗真君か。二人はそういう仲なのか」

腕を組んで、そっぽを向いたまま、亜里砂が答えた。

「違う。大学の友達と来てる。だけど、だとしたら、なんなのよ」

「でも、斗真君も京都に来てるって聞いたけど」

「それは、偶然」

「偶然か」

「そう、偶然」

偶然とは思えなかった。

「じゃあ、どの友達と来ているんだ」

「みゆき」

そんな、猫や犬じゃあるまいし、名前だけ言われてもわからない。

「ふうーん」

「信じてないんだ」

「そういうわけじゃないけど」

「あたしを信じてない人に、これ以上話しても無駄じゃない？　さようなら」

亜里砂はさらに顔の方向を斜めに向けて、ほとんどこちらが見えないくらいに顔をのけぞらせた。それでも、別れの言葉を口にしたのに立ちあがろうとはしない。

その時、純一郎はわかったのだ。

娘はもう、昔の娘ではない。

大人の、意思を持った一人の人間なのだ、と。

確かに、その一人の人間にここで真偽を尋ねたところで、どうしようもない。これが嘘でも、まだ親に嘘をつこうと思う、その気持ちを信じよう。

「そうか……気をつけて帰ってこいよ」

なんだか気が抜けてしまって、純一郎の方が席を立った。

「お父さん」

後ろから亜里砂が呼んだ。振り返ると、「お父さんが心配するようなことはないから」と言った。亜里砂は身体のどこかが痛いような顔をしていた。幼い頃の、泣きそうになった時の表情と、その顔が重なった。

小さくうなずいて、店を出た。

さあ、どうしよう。

大通りに出ると、そこは京都で一番栄えている街だった。

――このまま、東京に帰るかな……。

腕時計を見ると、もう六時である。四条河原町のバス停から、京都駅に向かうバスに乗った。

京都まで来たのに……バスの中から街を見ていたら、なんだか、いろんなことがばかばかしく、むなしく思えた。

ふと、スマホを取り出し、今日の宿を探した。すぐに、京都駅前のビジネスホテルの空きが見つかった。この時間まで空いている宿だからか、意外と安い。

――せっかくだから、一泊して帰るか。

京都駅に名物のにしん蕎麦の店があったので、それを食べて、その日はホテルで寝てしまった。

次の朝、昨夜、あまりにも早く寝たからか七時に目が覚めた。

最近の宿にありがちの、大浴場がついているビジネスホテルである。朝の六時からやっているということで、せっかくだからと朝風呂に入る。

——ああ、よく寝たなあ。

なんだか、気分もすっきりしたようだ。熱い湯の中で身体を伸ばすと、少し元気が出てきた。

素泊まりだから、朝食はない。ふと、老舗の喫茶店で朝食を食べようと思いついた。その店は東京にも支店があり、以前、松井の千葉の家から帰ってきた時に寄った店である。

ホテルを出て、烏丸線に乗り、烏丸御池で降りた。

ちゃんと喫茶店はやっていた。

中に入ると、老年のウェイターがやってきて、「窓際の席か、入口の席かどちらでも」と言う。

大きなガラス窓から朝日が入る場所は明るくて、すがすがしい。しかし、純一郎は知っている。この店の朝、入口近くにある大きな丸テーブルは、一人で来る近隣の重鎮、長くここに通う常連の旦那衆だけが座る場所なのだ。

これまで、妻や娘と一緒に来ていた時、そこを勧められたことは一度もなかった。

今回そう言われたのは、きっと純一郎の年格好と一人ということからだろう。

——よし、思い切って座ってみるか。

丸テーブルにはすでに、老人が二人座っていて、それぞれスポーツ新聞と一般紙を読んでいる。そこに……しばし、同席させていただきます……という気持ちを込めて、軽く会釈をしつつ腰を下ろした。

すぐに注文を取りに来る。

こちらには「京の朝食」という有名なモーニングセットがある。

——コーヒーにオレンジジュース、スクランブルエッグやクロワッサンが付いていて豪華すぎる。ホテルが素泊まりだったから少し贅沢してもいいけど、これから他にもおいしいものを食べたいしなあ。

「ロールパンセットをください」

「コーヒーはホットですか？」

歩いて来たので、少し汗ばんでいた。

「アイスにしようかな。甘みは入っている方で」

最初から砂糖が入っているのだけど、お願いすればブラックもできる。

「ミルクも入れますか」

「お願いします」

常連ぶって、入口近くに座ったけど、こうしてメニューをじっくり見ていたら、どうしたって、「おのぼりさん」だとわかってしまうだろう。

——まあ、いつまで経っても、粋な男にはなれないやつだ、俺は。

窓際の席で、家族で朝食を食べるのもいいけど、こうして一人静かに新聞を読みながらコーヒーを飲むのもいい。

すぐにアイスコーヒーが運ばれて来た。

しゃれたグラスではなく、昔風に「コップ」と呼びたいような小ぶりで厚手のものだ。そこにミルクがすでに注がれたコーヒーが入っている。一口飲むと、なんとも香ばしく、甘く、まろやかだ。

——本当に飲みやすい。それに、疲れている時、しゃきっとするような気もする。

ロールパンのセットも来た。

小ぶりの皿にロールパン、キャベツのサラダ、ポテトサラダが盛ってある。ロールパンにはエビフライがはさんであるのが、めずらしい。尻尾がピンと立って、なんだかかわいらしい。

まず、キャベツのサラダを食べる。シャキシャキしてみずみずしく、切ってすぐに提供しているのだろうと思われた。ドレッシングは和風だ。ちゃんとたっぷりかかっている。

——こういうドレッシングって少ししかかかっていなくて、最後は味のない野菜だけを食べなくてはいけなくなったりするんだけど、ここの量はちょうどいい。

エビフライとロールパンの相性もいい。エビフライはちゃんとした大きさがあるエビで感心した。

キャベツのサラダを食べ終わると、ポテトサラダが顔をのぞかす。なんとなく口に入れて、驚いた。ジャガイモの味が濃い。ジャガイモ以外の具はほとんどないのだが、マヨネーズでごまかしていないから、とてもおいしい。

——あ、こうしてみるか。

最後のエビを脇に置いて、ロールパンにポテトサラダをはさんでみた。

——これまた、けっこう、けっこう。

そこにまたほろ苦甘い、コーヒーを一口。

「うまいなあ」

小声でささやいてしまう。大満足の一食だった。

朝食を終えたあとは、周囲を散歩することにした。

このあたりは六角堂もあるし、錦市場もある。だらだらと歩いてもなんとなく楽しい場所だ。錦市場は残念ながら早朝で店を開けているところは少ないけれど、こういう場所はただアーケードの中を歩いているだけでもいい。

六角堂は開いていたので、中に入り、お参りした。

賽銭を投げて、ふと考える。

自分は何を祈っているのか……。

——すごいな。何もない。

ただ、娘の旅の安全でも願うか、と思った時、気がついた。

——いや、もう、自分のために生きよう。俺ももう、自分のために時間を使うんだ。

適当に昼飯も食って、今度こそは本当に東京に帰ろうと思い、ネットで調べた。

正直、もう、そんなに京都らしいものを食べようという気持ちはなかったのだが。

——ん？

近所に、たまごサンドの名店を見つけた。

そこの本店は大変な人気があり、予約を取るのは開店時のみで入店するのはかなりむずかしいと聞いていたが、その支店が百貨店の中にあるらしい。

しかもちょうど開店時間に間に合いそうだ。いくら人気店といえど、これなら入れるだろう。

十分ほど歩いて、店に入った。

ありがたいことに空いていて、純一郎以外は同じ年頃の女性たちのグループしかいない。すぐに注文を取りに来たウェイトレスに、たまごサンドとブレンドコーヒーを注文して待った。

――たまごサンドは今、人気だし、自分なりのスペシャルなものを考えることができれば、それだけで喫茶店を立ちゆかせることができる。俺も何か、考えられたらいいんだけどなあ。

そんなことを考えていたところに、「お待たせしました」、楽しみにしていたたまごサンドがやってきた。

言葉を失う。

ボリュームのあるサンドイッチだということは知っていた。しかし、これほどまでとは。

四枚切りか五枚切りの食パン二枚で、玉子焼きをはさみ、四つにカットしている。そして、その玉子焼きが、パンより厚い。二枚分のパンより厚い。

しばらく、じっと見つめてしまった。

――食べきれるんだろうか。いや、まず、どうやって持ち上げたらいいんだろうか。

端の……ごくわずかに厚みの少ないものを手に取る。しかし、すぐにずるっとパンと玉子焼きがずれて、玉子が落ちる。

手でつかんで食べることはちょっとむずかしいようだ。それで、フォークとナイフを使って、パン、玉子、パン……と一口大に切り、なんとか口に入れた。

――うまい。

玉子焼きはだし巻きに近い。いや、ほぼだし巻き。これだけ厚みがあるのに、その断面は均一で薄い卵色が美しい。いったい、どうやって焼くのだろう。ほかほかなので、焼きたてなのは確かだ。

パンには一枚にケチャップ、もう一枚にマヨネーズがうっすらと塗ってある。それはアクセントになっているが、ほとんどは玉子焼きの味だ。濃くも薄くもなく、厚みのあるパンにちょうど合う。

——でも、ご飯にも合う塩加減だなあ。

しかし、それにしても巨大だ。さすがに一人では食べきれない。

——女の子だったら一切れで十分だろう。ランチとしても二切れで大丈夫だ。そう考えると、八百八十円という値段はかなり安い。

残りは持ち帰って、新幹線の中で食べよう。できたら、ビールを買って、それを飲みながら……。

自分のアイデアが嬉しくて、微笑んでいることに気づく。

京都に来て、初めての笑顔だ。

——こうやって自分で自分を慰めながら生きていくのだ、これからは。

純一郎は、持ち帰りの容器を頼むため、店の奥に向かって手を上げた。

十二月　午前十時の淡路町

松尾純一郎が朝、テーブル席でコーヒーを飲んでいると、マスターが話しかけてくれた。

「おはようございます。お久しぶりですね」

「あ、ああ。すみません」

思わず、謝ってしまった。この間……一年ほど前に来てから来店していなかったからだ。その時は若い女性店員に陰口をたたかれ、気まずくなってしまった。それもあって、前はカウンター席に座っていたのに、今日はテーブル席を選んだ。それでも週に一度は訪れていた店だから、マスターが覚えていても不思議はない。

「マイルドなブレンドコーヒーがお好きでしたよね」

純一郎の焦りにはまったく気づいていないらしいマスターは、にこにこと愛想がよかった。

「あ、はい。今日もいただいています」

この店のブレンドコーヒーはマイルドとビターがあって、どちらもうまい。コーヒーをそのまま飲む時はマイルドを、ケーキなど甘味を一緒に食べる時はビターを選ぶようにしていた。

「ごゆっくり」
彼はにこやかなまま、奥に入っていった。
前回、自分は生半可な知識をひけらかして、恥ずかしい思いをした。もう二度とこの店には来られない、とまで思い詰めていた。だけど、こうして来てみると、どうということもない。
――自分が思うほど、他人は気にはしていないものだ。人生というものはそんなものかも。
あの時、自分を馬鹿にした女性店員の姿を目で捜した。たまたまかもしれないけど、店にはいなかった。
今日はこのあと、妻と会うことになっていた。離婚届を胸ポケットに入れてきている。
「早く書いてちょうだいよ、送ってくれてもいいから」
そう何度も催促されて、やっと決心がついた。そのはずなのに直前になってまた戸惑いが生まれていた。お気に入りのコーヒーを一杯飲んだら、少しは気が晴れると思ったのだ。
それでもまだ立ち上がれない。全身に力が入らない。特に脚がふわふわしている感じ……風邪のあと、病み上がりの身体のように。
――行かなくてはならない。
この店は家族でよく来ていた。亜里砂が最初にブルーマウンテンを飲んだのもこの店だったし、休日に亜希子と散歩して帰りに寄ったこともある。
「でも、来ていただいてよかった」
また、マスターの声がしてはっと顔をあげた。グラスの中のお冷やが少なくなっていて、注ぎ足してくれていたのだった。

「実は、今年いっぱいで閉めるのですよ」

「え」

もう一ヶ月ほどしかない。

「ここを？　この店を？」

「はい……」

マスターは柔和な顔で微笑んだ。

「田舎に帰ることにしたんです」

「また、どうして……」

「大家さんがビルを潰して、マンションを建てることになったんです。それで、出て行って欲しいと言われて……いろいろ考えたんですが、これを機会に実家の方に帰ろうかと思って。親も歳ですしね」

「実家はどちらですか」

「博多です」

「……いいところだ。また、喫茶店を？」

お世辞でなくて、本心からそう言った。

「いい町なんです。おいしいものがたくさんあって住みやすくて。でも、それだけに競争相手が多くてね。どうしようか、少し考えてから、と思ってます」

「もったいない。マスターのコーヒーを飲みたい人はたくさんいますよ」

これまた、心からの言葉だった。

「ありがとうございます。こんなことしかできませんが」
　軽く会釈をしてテーブルを離れ、ふっと振り返り、彼は戻ってきた。
「よかったら、お教えしますよ」
「え。何をですか」
「コーヒーの淹れ方……まあ、たいしたことはありませんが、家で飲むくらいなら楽しんでいただけると思います」
　驚いて、一瞬声がでなかった。
「ぜひ」
「ええ。また、年内にいらっしゃってください」
　あまりの幸運にぼんやりしてしまった。あ、亜希子と約束しているんだっけ、と気がついた時には、遅刻が確定していた。慌てて店を出た。

　亜希子が指定してきたのは、神保町のチェーン系の喫茶店だった。今は、その近くの事務所で友達と一緒に働いているらしい。出社は少し遅く、十一時までに行けばいい、ということだった。純一郎は午前中、半休を取っていた。
　純一郎は十時過ぎにそこに着いた。奥の方の席に彼女が硬い表情で座っていた。
「遅くなってすまん」
「ええ」
　驚いたことに、彼女の前にはモーニングセットのホットドッグが置かれていて、半分くらい食べてあった。純一郎はコーヒーしか喉を通らなそうなのに。

この店はテーブルが小さいからか、彼女はバッグを置いていなかった。あれほど、イライラさせられる癖だったのに、今はどこかそれが寂しい。

「……朝ご飯がまだなのよ」

「そうか」

純一郎の視線に気がついたのか、彼女が言い訳するように言った。

「ああ、俺のことは気にせず、どうぞ」

慌てて勧めたけれど、それ以上手をつける様子はなかった。

「……持ってきてくれた?」

たぶん、離婚届のことだろう。

「あ、まあ」

曖昧に答えて、少しだけ身を起こした。

「君の言い分はわかっているんだけど、本当にもうこれでいいのか」

純一郎に尋ねられて、一瞬、間をおいてから亜希子はうなずいた。

「いいのよ」

「もう少し話さないか」

「何を話すのよ」

「何をって……もう、結婚を卒業したい、というのは本当の理由なのか。本当にそれだけなのか、別に何かあるのなら、それも聞きたいし」

それがまだ解決の余地があることなら、後悔のないようにしたい。
亜希子は顔を近づけて小声でささやいた。
「……そういう話し合いをまだするつもりなら、事前に言ってよ。こんなところで話すことじゃないでしょ。会社も近いし」
確かにあたりを見回すと、午前中ということもあって、パソコンを開いて仕事をしたり、本を読んだりしている人が多い。店内にはジャズが流れているけど、全体的に静かだった。
とはいえ、なんの話もしないで渡すことになるとか、亜希子も気楽に考えすぎてないかとか、と思ったりする。
「それに君……お金の方は大丈夫なのか……働くと言っていたけど、まだパートなんだろ」
すると、亜希子は急に顔を引きつらせて、純一郎をにらんだ。
「嫌な言い方。そうやって、お金のことを持ち出せば、あたしがひるむとでも思ってるの?」
「いや、そんなわけじゃない。ただ、心配してるんだよ。これからどうするのか……」
「そこまで言うということは、離婚を認めてくれていると考えていいんですね?」
「いや、まあ、しかたないと思っているけど」
「じゃあ、こんなことだらだら話していても、それこそしかたないでしょう? 離婚は決めているの。もう、何を言われても、気持ちは変わらないから」
「そんなに急ぐ理由はなんなんだ」
すると亜希子は、自分の前のホットドッグをひっつかんだ。まさにひっつかむ、という表現がぴったりに、わしづかみにして、口に運んだ。こんなに長い間、夫婦として生活して、初めて見るほど大きな口を開けて、それを半分くらい嚙みちぎった。そして、口をつぐんだまま、わしわしと嚙みくだいている。しばらくすると、今度はコーヒーカップをひっつかんで、ぐびぐび音を立てながら飲み干した。はあ、とため息をつく。
なんだか、それを見ていたら、かっとなっていた気持ちがちょっと落ち着いた。
「歳よ」
「え」
「考えてみたら、あたしだってもうそろそろ五十になる。その前に、一人で生きてみたいの。死ぬ前に一度自由になりたい。あたし、一人で立ってみたい。今日が人生で一番若い日、って言葉があるでしょ。それを聞いて、あたし、気がついた。もう一日も無駄にできない」
無駄……自分と結婚している時間は無駄だというのか。
「確かにパートで働いてもまだ月八万から十万くらい稼ぐのが精一杯よ。だけど、正社員になれそうだし、そうなったらお給料はもっと増える。亜里砂が働き出したら収入も増えるし、二人で家賃を払っていける」
「それ、亜里砂にはちゃんと話しているのか」
「まあね」
「あの子だって、いつまでも母親と暮らしてくれるのかわからないぞ」
「でも、亜里砂が独り立ちをする頃には、あたしも一人で生きていけるようになってるはず」
「いや、亜里砂は……」
純一郎はここに来てほんの少しだけ、勝ったような気持ちになった。自分は亜里砂が付き合っている男子を知っているのだ、かなりよく。
「亜里砂は付き合ってる男がいるぞ」
しかし、亜希子は憐れむようにかすかに笑った。
「知ってるわよ。その手のことで、女親が男親より知らないわけがないじゃないの。この間の京都旅行のあと、あなたの様子も変だったしちゃんと問いただしたわよ。そしたら、家に連れてきて紹介してくれた。感じのいい人じゃない。斗真君、あたしともすごく話が合ったわよ」
「ふーん」
「あれだったら、一緒に暮らしてもいけるかも」
いや、まさか。斗真はともかく、亜里砂がそんなこと許さないだろう。なんて甘い考えを持っているのか……。
「とにかく、あたしは一度一人になりたい、そして、ちゃんと自立したいの」
一人になりたいというのと、娘夫婦と同居したいというのは矛盾する気もするが、亜希子の中ではちゃんと成立しているらしい。
そこで、亜希子はふっと息を吐いた。
「……あなたのことが死ぬほど嫌いなわけじゃない。まだ、一緒に暮らせないほどではない。だけど、これ以上、一緒にいたら、そのうち嫌いになると思う。あたしはまだ、亜里砂の親として、時々会ったり、何かあったら助け合ったりできる間に別れたいの」
そして、ホットドッグの残りをつかむとまた、口の中に放り込んだ。むしゃむしゃと音がしそうなほど激しく噛んでいる。

――しかし、よく、食うな……。

なんだか、少し安心した。これほどよく食べられるなら、そして、明るい未来を描いているなら、大丈夫なのかもしれない。これ以上、嫌われる前に別れるという選択肢はある……。

「前に『あなたって本当に何もわかってないのね』って言ってたのはどういう意味なんだ？」

今まで誰にも訊けなかったことを亜希子に尋ねた。

「そんなこと、言ったっけ？」

「言ったよ」

「そう？　じゃあ、たぶん」

彼女はパンを頬張りながら微笑んだ。

「まずは私の、離婚したい気持ちをわかってくれないってこと」

「ああ」

「それから、あなたは自分がどれだけ恵まれているのかわかってない、ということじゃないかしら。それも知らずに文句ばっかり言って、周りをイライラさせてたってことでしょ」

「そういうことか……」

純一郎はやっと納得できた気がして、スーツの胸ポケットに手を伸ばした。封筒を出し、亜希子に手渡した。

「ありがとっ」

彼女はそれが破れそうなくらい、勢いよく奪った。封筒を開けて中身を確認する。

「おいおい」

隣のテーブルは空だが、次のテーブルには人が座っている。見ればすぐに離婚届とわかるものを広げてチェックするのは……。

「はいっ。大丈夫です。お預かりしますっ」

記入漏れがないということを確認して、亜希子はそれを畳んでしまった。純一郎を軽く拝むようなまねまでする。

「感謝ですっ」

「いえいえ。こちらこそ、これまでどうもありがとう、お世話になりました」

それだけは決めていた。ちゃんと最後に感謝の気持ちを伝えようと。だから、深々と頭を下げた。

そして本当はこうも言いたかった。

「今度、落ち着いたら俺の淹れたコーヒーを飲んでくれないか」

でも、顔を上げると、亜希子は言った。

「じゃあ、財産分与についてだけど」

「え」

財産？　財産なんてない。あったとしても、亜希子が退職金の残りはほとんど持って出て行ってしまったのに……夫婦の貯金も全部。

「あの家を処分して半分にわけましょ。それで、勘弁してあげる」

「あの家……？」

埼玉の二世帯住宅だ。たいした価値はないはずだし、一応、あれは純一郎の父が買って、純一郎に残してくれたもののはずだが……。

「文句があるなら、弁護士でも立ててください。退職金はあらかたあなたが喫茶店の資金に使ってしまったじゃない。それを許してあげようって言ってるのよ。それじゃ、あたし、仕事があるので、これで。今後はLINEで話しましょ、あなたも忙しいでしょ、じゃ、ね」

立ち上がった亜希子は言った。

「あなた、やっとあたしの気持ちをわかってくれたわね」

そして、誕生日に純一郎が買ってやったバッグを持って、風のように去って行った。

確か、あのバッグ、二十万くらいしたよな……なんとなく思い出した。

店を出る時、また、少しふらついた。

――疲れているのかなあ。

考えてみたら、まだ朝食も食べていなかった。

――どこかでモーニングでも食べるかなあ。ここはいい喫茶店がたくさんある町だし……。

しかし、モーニングセットによくあるメニュー、バタートーストやホットドッグ、ゆで玉子なんかを思い浮かべてもどうも食指が動かない。まだ出社まで時間があることだし、と思ってぶらぶらと神田駅方面に歩いて行った。家を売るのは気が進まないが、まあしかたないかな、とも思う。他に亜希子に分けてやれるものはないし。

あの家は父の代で買ったものだった。埼玉の私鉄駅から歩いて六分、池袋駅なら四十分ほどで着く。埼玉はダサいなんて言われながらも、住みよい場所だった。父が家を買ったのはいわゆる、高度成長時代で、土地の値段がうなぎ登りになった頃だから、一介のサラリーマンとしては頑張った方だ。あの家のローンと純一郎の学費で、他には何も残らなかった。

「この家、今なら三千万以上だってよ」

無口で、ただ働くだけ、普段はほとんど自慢したり、威張ったりしない父が一度だけ、酔っ払ってそんなことを言ったことがあった。純一郎が大学生の頃だ。

「あらまあ、そんなに上がったの？」

飲み会帰りの父の着替えを手伝っていた母が驚いて返した。

「会社の後輩が、このあたりに家を買いたくて調べたんだってさ」

「すごいじゃないですか」

「まあ、売る気もないが……純一郎に財産を作ってやれてよかった。これであいつも一生、困らないだろう」

「お父さんのおかげですよ」

隣の部屋でそんな声を聞いていた。だから無意識に、自宅は三千万くらいかな、と思っていたけど、二世帯住宅に建て替えた頃にはそんな価値はないと気付いていた。

――それでも最低、一千万くらいにはなるだろう。駅から歩けるし。もう少しいくかもしれない。それを半分分けてやるか。

別にかまわない。確かに彼女の言う通り、退職金を使ってしまったのだから、半分差し出すのも当たり前だろう。

だけど、あの日の父と母を思うと、胸が痛む。たぶん、今の純一郎の歳と同じか少し下かもしれない。
純一郎に財産を作ってやれてよかった。これであいつも一生、困らないだろう……。
あの時の父の抑えているけど、誇らしそうな声、母の嬉しそうなあいづちは隣の部屋にも伝わってきた。
いや、困ってます、お父さん、自分の不出来で。
申し訳ない、という気持ちが先に立つ。
とはいえ、その両親の世話をしてくれたのも亜希子なのだ。それだけで十分と言えるかもしれない。
あれこれ考えながら歩いていたら、神保町を離れて、淡路町まで来てしまった。
——そういえば、このあたりの店をテレビで観たことがあった。スマホにチェックしておいたはずだ。確か、あんバタートーストで有名な店のはず。
あんバター、とふっと頭に思い描いたら、やっと「食べたい」という気持ちになった。甘いあん、たっぷりのバター、そして、かりかりのトースト。妻に離婚届を奪い取られ、離婚が確定となったら家を売ることを迫られ、ふらふらしている自分に今、一番必要なものは、あんバタートーストだ、と。
——今、俺は欲してる、甘いものを。ただただ甘いものを。強烈に甘いものを身体に入れたら、少しはしゃきっとするような気がする。
スマホで調べ直して、店の方に歩いて行った。
その店は雑居ビルの一階にあるのだが、灰色のコンクリートなのでまるで石造りの館のようにも見える。玄関のところにはレンガがびっしり貼ってあって、これまた重厚な造りだ。

創業昭和八年、と看板に書いてあった。つまり、九十年近く続いている店である。さらに「頑固なほど昔のままの濃い珈琲と深い香り……」という文字が並んでいた。

ドアを開けると、濃い赤の布張りの椅子が並び、これまた落ち着きがある。本当に看板の言葉のままの店だった。

——純喫茶のお手本のような店だ……。政界のフィクサーが奥の方に座っていそうだな。

初老の男性が一人、カウンターの中にいた。「いらっしゃいませ、お好きな場所にどうぞ」

店には純一郎の他に、男女の二人組が向かい合って座っていた。会社の同僚なのか、カップルなのかはわからなかった。

一番奥のテーブル席に座らせてもらった。メニューがすぐ出てくる。ぱっと開いたところでうなった。

ブレンド珈琲（通常の珈琲より濃いめです）、とはっきり書いてあるのだ。看板からそれはわかっていたけど、なんだか店の覚悟を感じる。

モーニングサービスもあって、珈琲、アイスコーヒー、カフェオーレ、ホットミルクにトースト、ハムトースト、チーズトーストが選べるようになっている。

——こういう店のハムやチーズのトーストというのがどんなものなのか、すごく興味ある。だけど今日はあんバターだ。

あんバタートーストは、「アンプレス」という名前だった。ホットサンドらしい。

——アンプレス、こうして見ると、なんだかフランス語みたいだ。アン・プレス・シルブプレ？　なんて。

馬鹿なことを考えていると、初老の店主が注文を聞きに来た。

「それでは……、アンプレスとブレンド珈琲をください」

飲み物も期間限定のイチゴジュース、バナナジュース、アンオーレ、ミルクセーキ……どれも飲みたい、どれも食べたい、けれど。

濃いめの珈琲とあんバタートースト、合わないわけがない。今からわくわくする。

注文してしばらくすると、濃いバターの香りが店中に漂ってきた。間違いない。これはきっと純一郎の「アンプレス」だ。

——いや、もう、食べる前からこれほど楽しませてくれる店もめずらしい。

バターの香りがだんだん、こんがり焼けたパンの香りに変わってくる。

「お待たせしました」

ブレンド珈琲とアンプレスが運ばれてきた。白いコーヒーカップに白い皿、コーヒーカップには金の縁取りがあるが、それ以外はとてもシンプルだ。

まずはブレンド珈琲を一口。

——あ、苦い。確かに苦いし、濃い。その奥に酸味もある。すべてそろった、癖の強い、でもおいしいコーヒーだ。ここに慣れたら他の店では満足できなくなるだろう。

次にアンプレス……ホットサンドメーカーでこんがり焼いているあんバタートーストだ。パンの厚みは二センチくらいだろうか。それをぎゅっと押しつぶしている。耳はついたままだ。それにたっぷりのあんこをはさみ、外側にバターをかなり塗って焼かれ、四つに切ってあった。一つを手でつまんで口に運ぶ。パンからバターがにじんで、ちょっと指に付くのがわかるくらいのバターの量だ。

噛みしめるとかりかりともしゃりしゃりともつかない音がして、まずはバターの風味が口いっぱいに広がる。少ししょっぱさを感じた。そして、次にやって来るのがあんこの甘み。このなんとも言えない両者のハーモニーがたまらない。こりこり、ぽりぽり、いくらでも食べられそうだ。

——本当にうまいなあ。今まで食べたあんバターサンド、あんバタートーストの中で一番うまい。プレスすることで、あんこ、バター、トーストがしっかり、離れがたくくっついて、三位一体となって口の中に入るからだろう。

「あ、忘れていた」

思わず、小さくつぶやいてしまった。コーヒーを忘れていた。

口の中が甘いあんことしょっぱいバタートーストでいっぱいになっているところに濃いコーヒー。苦みも酸味もしっかりあるもの。

「ああ、おいしいなあ」

さっき、離婚届を渡してきた身にもこのトーストは甘い。

思い出したら、ほろりと涙が出てきた。これまで、一度も流したことがない、この離婚問題では出てきたことがない涙だった。

——ごめんよ、亜希子。いろいろ足りない夫だっただろうなあ。俺はずっといい加減に生きてきた。出世もできなかったし、家族サービスもできなかった。でも、これから、自分ができる限りのことはするよ。それがこの二十何年か一緒に過ごし、そして、子供までもうけた人への最低限の愛情だと思うから。

はあっとため息をついた。気がついた。もう、ひとりぼっちのような気になっていたけれど、逆に言えば……離婚の手続きが終わって、財産分与を済ませたら、もう亜希子の人生の責任を取る必要はないのだ。亜希子も自由を得ただろうけど、自分も自由なのだ。そして、娘の亜里砂だって子供じゃない、ということは先月の京都で知った。

好きなように生きよう、と思った。人に迷惑をかけない範囲で、自由に。

ドアのベルが鳴って、新しい客が入ってきた。若い女性客で、でも、娘の亜里砂よりは少し年上のようだ。二十代半ばの会社員かもしれない。案内されて、純一郎の斜め前のテーブルに座った。

――ん？　まだ若いけど、仕事はどうしているのだろう。仕事の途中で来たにしては服装やバッグがカジュアルだ……。

なんとなくそんなことを考えていると、店主が注文を取りに行った。彼女はあまり、言葉を話さず、「これ、これ」とメニューを指さした。

「それは期間限定です」

彼女は店主の言葉がわからないようで首をかしげる。

「それはダメ、今はダメ」

店主が指で×を作るとわかったようで、うなずき、別のものを指さした。

「バナナジュースとアンプレスですね」

うなずいた。

その様子で、彼女が外国人観光客とわかった。服装やメイクに違和感がないので、まったく気がつかなかった。

この店はテレビや雑誌でもよく紹介されている有名店だ。きっと彼女もそういうのを見て、やってきたのだろう。

——あんバタートーストだって海外から食べにきてくれる人がいる時代なんだなあ。

アンプレスの最後の一切れを嚙みしめる。やっぱり、おいしい。こういうの、次の自分の店で出したい、と思った。

今までそういう自分の気持ちにずっと蓋をしてきた。だけど、状況が変わってくると、それももうタブーではなくなる。

本当にちゃんと考えなくては、自分の人生を。

勘定を払って外に出た。純一郎はスマホを取り出す。まず、絶対に連絡しなければならないところがある。

「もしもし?」

「あ、宮沢?　今大丈夫か?　仕事中ならあとでかけ直すけど……」

「大丈夫だ。俺、個室だし」

そうだ。会社のお偉いさんの宮沢はもう個室に入っているんだった。少しだけ、気持ちがひるむ。

「あのな……」

迷う。宮沢が口を利いてくれて、やっと入れた会社だ。それなのに……。

「実は、離婚が決まったんだ」
「え。まじか」
「亜希子と……」
「そうなのか。いや、驚いた。なんだかんだ言って、お前は離婚しないと思ってたから……」
「いや、決まったんだよ……それで申し訳ないんだけど」
「うん」
「……お前に紹介してもらって本当に申し訳ないんだけど、今の会社……」
「あ、やめたいの？」
宮沢の声はさばさばしていた。
「すまん。本当に悪いんだけど、せっかく紹介してもらって……でも、たいして成果も出せてないし、ずっといても会社やお前に迷惑かけそうだしな」
「うん、わかった。いや、いいよいいよ。合わないものはしかたない。それに、亜希子さんのこともあるし、いろいろ考えたいんだろう？　いいよ、なんとなくわかる」
「本当に、すまん。会社の方にはこれから辞表を出す」
いいよ、大丈夫だよ、と宮沢は一言も純一郎を責めず、逆に「また、飲もうよ、連絡する、元気出してよ」と慰められた。
電話を切ると、大きくため息が出た。
自分でしたことなのに、どこか「やってしまった！」という感情もある。なんてことをしたのだ。二度目の退職だ。それも、もうあとがないのに。

スマホのメモ帳を開いて手早く入力した。

・濃いコーヒーを出す。ただ、濃いということではなくて、飲みやすくて濃いコーヒー。濃いコーヒーに合う豆を探す。

そして、いやいや、と首を振った。何よりもこれを最初に書かなくては。

・コーヒーは必ず、自分が一杯一杯手で淹れる。

うん、とうなずく。
これだ、ここから始まるのだ。
スマホを胸ポケットに入れて、また出した。

・普通のブレンドと濃いブレンドと両方用意する。

思わず、ふふっと笑ってしまった。
相変わらず、優柔不断な自分だ。だけど、それでいいのではないか。
ああ、そうだ、あの喫茶店のマスター、コーヒーの淹れ方を教えてくれるって言ってたっけ……教えてもらおう。もちろん、ちゃんとわけを話して……自分で飲むだけでなく、人に飲ませたい、いつかは店をやりたい、ときちんと話して教えてもらおう。

いっぺんにいろいろやることが出てきて、純一郎は立ち止まってメモする。

・フードメニューは最初はナポリタンのみ。

ナポリタンと濃いコーヒーの小さな店、いいじゃないか。

そして、やっと自分の会社の方に向けて歩き出した。辞表を出すために。

エピローグ

「にいちゃん、コーヒーちょうだいよ」

朝いちで訪ねてくるのは、近所の老人、ショウヘイさんだ。

「はい。濃いのでいいですか」

「もちろんよ」

松尾純一郎がコーヒーを淹れている間、彼はぼんやりあたりを見回す。

「今日はいい天気だね」

「そうですね」

実は、彼の名前は知らない。ただ、最初に見た時、同じ名前の俳優と似ている、と思ったから、ずっと心の中でその名で呼んでいる。

いつも、アッパッパのような裾が広がった上着に短パン、頭にターバンのようなものを巻いている。アッパッパの形はほとんど同じで、大きな水玉が飛んでいたり、真っ赤だったり、時にはデニムだったりする。もしかしたら、誂(あつら)えているのかもしれない。

彼が何者かはわからないが、ここで店を開いて最初の客だった。

池袋駅から歩いて十二分、小さなアパートの一階が店舗用になっている物件を見つけた。家賃は六万八千円ということだったが、「ここ、もう一年以上、空いてるんですよ、六万までねぎりますから」と不動産屋にささやかれて、決めてしまった。最終的には家賃六万、管理費三千に落ち着いた。道路に面した側がシャッターになっていて一面を大きく開けられる他は、キッチンとバストイレがついているだけのシンプルな部屋だった。

「まあ、好きなように使ってくれていいですよ。商売やってもいいし、普通に寝泊まりしてくれてもいいし」

八十歳ぐらいの大家はのんびりと言った。

「昔は、この辺りでも商売はできる、一階は店舗にしたら高く取れるって乗せられて作ったんだけど、とんだ見込み違いでしたわ。普通のアパートにすればよかった」

大家は引越してきた純一郎に愚痴った。

部屋の中にテーブルと椅子だけ数個置いて、すぐに開店した。夜はシャッターを閉め、それを片付けて掃除し、薄い布団を敷いて寝る。

喫茶店なんだか、部屋なんだかよくわからない店だが、今の純一郎には一番向いている気がした。

道路から見える壁のところに「濃いコーヒー」と手書きの張り紙を出したのは一ヶ月ほど前だった。

「にいちゃん、濃いコーヒー、淹れられるのかね」

それから数時間で現れた老人はもしかしたら、純一郎の守護聖人かもしれないと思った。

マンデリンを中心としたブレンドを少し強めに焙煎し、細かめに挽いてゆっくり湯を落とす。あの喫茶店店主のところで習ったり、一人で練習したり、店を出すまで、何度もくり返して作り上げた一杯だった。

「俺はとにかく、濃いコーヒーが好きなんだよ」

しかし、出したコーヒーを「まずいな」と一刀両断に言われた時は、貧乏神かもしれない、と思った。

「濃きゃいいってわけじゃないんだよ」

「すみません」

「いくら?」

「お代は結構です」

「え?」

彼はまじまじと純一郎の顔を見た。

「にいちゃん、そんなんじゃ、商売はやっていけないよ」

「そうでしょうか。でも、まずかったんでしょ」

「そうだけどよう。それじゃいけないわ」

彼は懐から五百円玉を出して、「これ、取っとけや」と言った。

「これから時々、寄らせてもらうわ。近所なんだ。もう少し、苦味だけじゃなくて、香りと酸味が欲しい」

本当に、それから、たびたび来てくれるようになった。コーヒーを一杯飲んで、三十分ほど話して帰っていく。一人暮らしで悠々自適の生活、時々、旅行をするのが唯一の趣味、というくらいのことはわかるが、名前はまだわからない。

「今朝はなんか甘い匂いがするねえ」

「あんこを煮ているんですよ」

「へえ」

「コーヒーとあんこって合いませんか」

すると彼は驚いた顔をした。

「わかるよ」

「だから、何か、あんこを使ったデザートを出したいと思って。あんバタートーストがいいんですけど、おいしいのを出す店はたくさんあるから、どう作ってもまねになっちゃうでしょ。他に何かないかなあと、とりあえず、あんこを煮てます」

「あんた、いつも、ばか正直だねえ」

彼は首を振った。

「それじゃ、商売にならないよ」

「そうですかねえ」

本当はコーヒーとナポリタンを出す店をやりたいと思っていたのだが、まだコーヒーだけで手一杯、キッチンも小さいし、もう少し落ち着いてから、と思っている。

それで、とりあえず、今すぐできそうなスイーツを考えていた。

純一郎はあんこを少し、小皿に盛ってスプーンを添えて出した。

「俺、あんこ大好きなんだよ。結構、うるさいんだ」

「お眼鏡にかなうか……」

一口食べたショウヘイさんは目を見張った。

「お、にいちゃん、あんこを煮る才能、あるじゃねえか」

「本当ですか！」

「うそ。でもまあまあだよ」

カラカラ笑って、彼は今日も五百円を置いていった。

彼がいなくなると、しばらくひとりになる。

純一郎は煮溶かした寒天にあんこを入れ、何時間もかき回して煮詰めた。練り羊羹にするつもりだった。店に来た人に、濃いコーヒーのお供として、味見してもらうつもりだ。

こうしてあんの入った鍋がふつふつと煮えているのを見つめていると、いろいろなことを思い出す。

離婚したあと、純一郎は自宅を売った代金と退職金の残ったお金を、亜里砂の学費を残して、妻と分けた。

妻が家を出る時、預金通帳のほとんどを持っていってしまったので、そちらの方を返してもらうことは諦めていたのだが、亜里砂が間に入ってくれた。

「二人があたしの親であることは変わらないし、その二人が今後、会うこともできないようなことはしないで。ママ、あたしをがっかりさせないで」

そう言われると、亜希子もぐうの音も出なかった。

多額の退職金を使ってしまったのは純一郎なのだから、妻が全部持って行っても文句は言えないと思っていた。結局、亜里砂の前で、三分の一を純一郎、三分の二を亜希子に分けることで落ち着いた。

「お父さんはいつもお人好し」

「あなたはそうやっていいかっこしいをして、娘を味方につけるんだから」

それだけ譲歩したのに、二人に不満を言われながらの財産分与となった。

でも、そんなわけで、亜希子も亜里砂も、一度ずつ来てくれた。悪くない関係が続いてよかった、と思う。二人にも「濃いコーヒー」を飲んでもらった。

「悪くない」と亜希子は言った。そして簡素な店を見回して「本気なんだね」とつぶやいた。もっとボロくそに言われるかと思ったから驚いた。

松井も千葉から来てくれた。

店の状況を説明すると、寝袋を担いできた。

一緒に並んで寝ていると、「どんなふうにも生きていけるんだなあ」とつぶやいた。

「どういう意味？」

「息子がいつかこんなふうに自立してくれたら、嬉しいよ」

「いや、こんなになっちゃ、いけないよ」

「僕はあの子が困らないように、先に先に用意してきたけど……」

「それでいいんだよ」

返事はなく、松井はすでに寝息をたてていた。よほど安心したのかもしれない。

客はまだほとんど来ないが、時々、近所の会社に勤める人が買いに来てくれたりすることもあり、自分の食費くらいは賄えるようになってきた。寝る場所は店の奥に確保できているし、稼ぐことに焦ってはいない。食べられればいい。そのうち、香りと酸味を重視したコーヒーも出すつもりだが、今はまだ濃いコーヒーを極めたい。

そのうち、自家焙煎の機械くらいは買いたいなと思いつつ、数千円で買えるコーヒーロースターを使って台所で豆の焙煎を試したり、雨の日は店を閉めて近所の図書館で過ごしたり、好きなように暮らしている。

あと、十年もしないうちに、年金ももらえるようになるだろう。

「これでいいのだ」

夜、一人でテレビなど観ていると、自然と湧き上がってくる気持ちがある。

これでいいのだ。

こうしているうちに自分は老いる。

いつか、別のことをしたくなる日も来るかもしれない。

だけど。

今は、これでいい。

初出誌
「ＷＥＢきらら」２０２２年３月号～２０２３年２月号
エピローグ　書き下ろし

原田ひ香（はらだ・ひか）

一九七〇年神奈川県生まれ。二〇〇五年「リトルプリンセス二号」でNHK主催の創作ラジオドラマ脚本懸賞公募最優秀作に選出され、〇七年「はじまらないティータイム」ですばる文学賞を受賞。著書に「ランチ酒」「三人屋」などのシリーズ、『母親ウエスタン』『三千円の使いかた』『DRY』『まずはこれ食べて』『口福のレシピ』『財布は踊る』『老人ホテル』『図書館のお夜食』など。

喫茶おじさん

二〇二三年十月十七日　初版第一刷発行
二〇二三年十一月二十六日　第三刷発行

著者　原田ひ香
発行者　庄野 樹
発行所　株式会社小学館
〒一〇一-八〇〇一　東京都千代田区一ツ橋二-三-一
編集 〇三-三二三〇-五二三七　販売 〇三-五二八一-三五五五
DTP　株式会社昭和ブライト
印刷所　萩原印刷株式会社
製本所　株式会社若林製本工場

造本には十分注意しておりますが、印刷、製本など製造上の不備がございましたら「制作局コールセンター」（フリーダイヤル〇一二〇-三三六-三四〇）にご連絡ください。
（電話受付は、土・日・祝休日を除く 九時三十分〜十七時三十分）

ISBN 978-4-09-386696-5